八十老翁从头活

——2018鲁光日记

鲁光 著

人民体育出版社

图书在版编目（CIP）数据

八十老翁从头活：2018 鲁光日记 / 鲁光著. 北京：人民体育出版社，2025. -- ISBN 978-7-5009-6514-5

Ⅰ.I267

中国国家版本馆 CIP 数据核字第 2024TB8346 号

*

人 民 体 育 出 版 社 出 版 发 行
北 京 中 科 印 刷 有 限 公 司 印 刷
新　华　书　店　经　销

*

880×1230　32 开本　9.75 印张　168 千字
2025 年 2 月第 1 版　2025 年 2 月第 1 次印刷

*

ISBN 978-7-5009-6514-5
定价：58.00 元

社址：北京市东城区体育馆路 8 号（天坛公园东门）
电话：67151482（发行部）　　邮编：100061
传真：67151483　　　　　　　邮购：67118491
网址：www.psphpress.com

（购买本社图书，如遇有缺损页可与邮购部联系）

写在前面的话

我爱交朋友,一生交友无数。我曾说:"没有朋友的日子,一天也过不了。"当我活到八十一岁时,想不到会交上一个人人讨厌的朋友——癌友。它在我毫无准备时,突然闯进我的人生大门,而且不管你喜欢还是讨厌,都赖着不走,非与你生死与共。据说,人人身上都有癌细胞,隐藏在人体的深处,不知什么原因刺激了它,就把它激活了。

癌,已成为死亡的代名词。谁查出癌症,就等于接到了死亡通知书。坊间流传一种说法:得癌者,三分之一是吓死的,三分之一是治死的,只有三分之一是幸存下来的。谈癌色变,已成普遍现象。我决计闯一闯这个生死关,争取成为最后一个三分之一。

2018年初,鸡未走,狗还没来,癌友却找上门来了。本来,狗年是旺财又旺命的大吉之年,旧历春节未到,人们已沉浸在相互祝福之中。看来,新年祝福只是人们的一种美好愿望而已。愿望，永远也决定不了命运。

疾病，尤其是癌症，带来痛苦，带来生命的夭折，是人生之大不幸，但世上竟然有人敢视疾病为友，此人便是台湾佛光山的高僧星云大师。前些年，我曾在佛光山见过他，还听了他一席谈。他的一笔书，极负盛名。我曾就他的一笔书，求教同行的大书法家沈鹏先生。沈先生说："星云大师的一笔书，与我们书法中的一笔书是两码事。星云大师晚年身体不好，有心脏病，又有糖尿病。他的眼疾严重，一笔下去，如停顿，下一笔就不知往哪儿写。所以，一个字，他必须一气写完，不能停顿。"星云大师自己也说："我的字写得不好，但我是用心写的。"他毕竟是修炼到家的高僧，对待病痛的态度，也与凡人不同。他说："我一生以病为友。"疾病，让人痛苦。癌症，置人于死地，绝对是人类之大敌。但疾病磨炼人，考验人的抗击能力和意志。"一生以病为友"，是对人生的一种悟觉，是对生死的一种哲思，是对生老病死的一种智慧。

久久思索之后，我接受了星云大师的理念，决定以癌为友。

本来我已对晚年生活作了安排。2018年，人民文学出版社出版了我的七卷本《鲁光文集》，"爬格子"的日子结束了。我爱丹青,余生就在涂涂抹抹中度过。但癌症突然袭来,打乱了我的如意算盘。当然,对这位不速之客,我是不会欢迎的。本想不理他,一切顺其自然,但家人和医生都告诉我,应该下逐客令,将他撵走。万一撵不走呢?我不得不与他生死与共。把他视作朋友,是无奈之举,但也是我对待生死的一种乐观态度。

本来已多年不写日记,本想此生再也不写了。往昔的日记是写自己的生活和理想,写追求,写成功与挫折,写艺术,写朋友,记录亲情和友情。癌友闯进我的人生大门之后,我的日记将记述抗击癌症和对待生与死的心路历程。尽管笔头沉重,刺激强烈,但我坚持写,写了一年多。我以为这些文字,无论对家人,对朋友,对社会,都是有价值的。

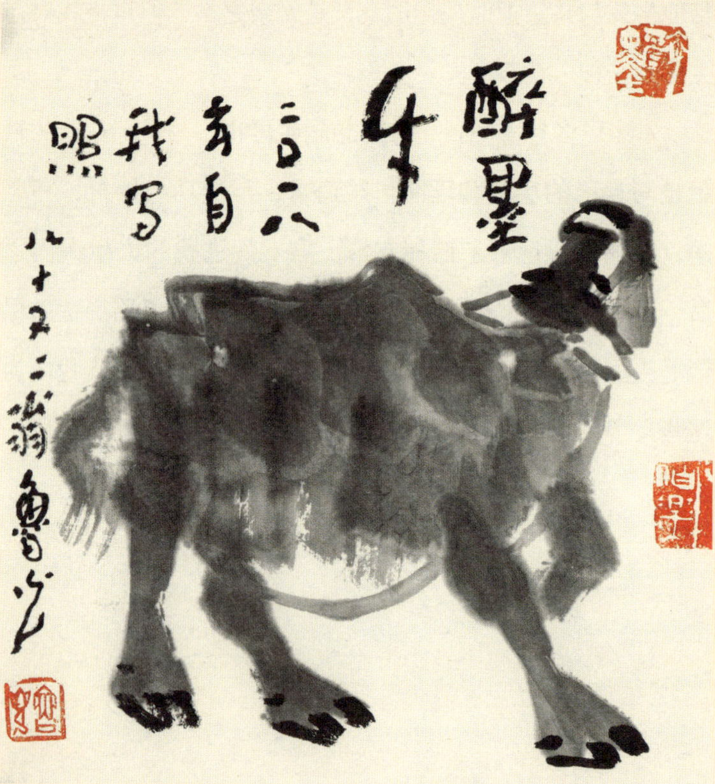
醉墨牛

目 录

2018年1月8日 / 1
流感。住院。交友。

2018年1月9—17日 / 4
聊天是一种享受。为护士长画猪。我是医盲。带着"大问号"出院。

2018年2月1日 / 11
患难识知交。有朋友真好。

2018年2月5日 / 14
心存侥幸。"二进宫"。同室病友幽默乐观。

2018年2月7日 / 16
全麻。睡醒一小觉,手术已结束。给女儿连发三个大红包。

2018年2月8日 / 19
出院,直奔饺子馆。作家刘心武说查体。等待"宣判"。

2018年2月20—25日 / 23
画画寄乡愁。她是一位贤达女人。夫妻话生死。

2018 年 2 月 26 日 / 27

死亡通知书。无奈。如何过这道坎儿？夫人哭了。多方问道。

2018 年 3 月 1 日 / 31

问医三家大医院。两个治疗方案。

2018 年 3 月 2 日 / 33

咨询老病号。画友、癌友。心态治疗法。老部属救急。

2018 年 3 月 4 日 / 38

寻找青年神医。候诊长廊里老人们的交流。

2018 年 3 月 5 日 / 41

不幸中的大幸。主意还得自己拿。

2018 年 3 月 7 日 / 43

漫斋，琉璃厂的一个落脚点。品茶、赏画、聊天、交友。

2018 年 3 月 8 日 / 49

纠结中再次发微信麻烦人。朋友劝慰，"相信奇迹会发生"。

2018 年 3 月 10 日 / 51

我的大画《中国牛》，矗立中国美术馆，彰显中国精神。

2018 年 3 月 11 日 / 54

最后决定只能自己做。

2018 年 3 月 12 日 / 55

主刀医生说，放疗效果也很好。决计回老家。琉璃厂拍画出画册。

2018年3月15日 / 57
美术馆开幕式。老友欢聚。《中国牛》成为留影热点。

2018年3月16日 / 62
最想回老家。最流连忘返琉璃厂。荣宝斋往事。

2018年4月17日 / 70
忆范曾南行。米景阳送画。范曾说，我不是狂傲，我是率真。人生别为名利所累。

2018年4月18日—5月24日 / 77
自由人。半壁江山茶聚。我的书画专卖店。童话书屋。伴仙溪。新老书记做客山居。为农民学生录诗。花香满屋。老凉亭——我的乡愁梦。

2018年5月27日 / 101
对"动刀子"发生动摇。

2018年5月28日 / 103
老邢久病成医生。

2018年5月31日 / 105
高大夫一席话，使我下决心：放疗。

2018年6月2日 / 108
给子女添累，内疚。我的生死观。

2018年6月4—7日 / 111
tPSA 已降至 0.791。严格遵医嘱。不要怜悯，接受关爱。

2018年6月11日 / 113
名记何礼荪写传。画坛潜伏者刘晖。

2018年6月14日 / *118*
　　放疗，人生的一次拼搏。

2018年6月15日 / *120*
　　寻找友人赠送的艺术精品。整理旧画。沉醉艺术。

2018年6月16日 / *124*
　　伉俪画展。李利夫妇造访。

2018年6月17日 / *127*
　　我的健身理念。动静结合，该静时静，该动时动，一切顺其自然。

2018年6月20日 / *129*
　　题字"伴仙溪"已刻在巨石上。石头的抽象魅力。

2018年6月22日 / *131*
　　不午休。吃"斋饭"。"闭关"一个月。

2018年6月23日 / *133*
　　撕画，改画，落款，盖章。一幅变两幅，旧作有了新生命。

2018年6月25日 / *135*
　　放疗，像按摩。医盲的错觉。

2018年6月26日 / *137*
　　候疗厅里的"悄悄话"。隐瞒只会增添恐惧。

2018年7月4日 / *139*
　　足球瘾、书画瘾，帮我们渡难关。

2018年7月5日 / 142
　　书画市场乱、骗子多。骗局五花八门，防不胜防。

2018年7月7日 / 146
　　邢老的处境。说画，共同语言多。

2018年7月9日 / 149
　　为保密，说假话不脸红。

2018年7月10日 / 151
　　活得明白，死得清醒。

2018年7月13日 / 154
　　邢老悲叹："老弟，可能没治了……"

2018年7月18日 / 156
　　暴雨。途中买庆丰包子。

2018年7月22日 / 158
　　写就画家刘晖传记序言。老顽童的悲壮感叹。

2018年7月23日 / 161
　　《鲁光文集》问世。周庄欲建杨明义艺术馆。

2018年7月24日 / 164
　　巴金说："长寿是一种惩罚。"文集出版之后，还有什么作为呢？老天又成就了这本书。

2018年7月26日 / 167
　　病友哀叹进入治疗误区。文集应落到爱书人手里。

2018 年 7 月 27 日 / *171*
　　同窗沙叶新亡命写作，争夺生命。闯不过死亡关，但留下了等身著作。

2018 年 7 月 28 日 / *175*
　　把《中国姑娘》一页一页烧在父亲坟前。在母亲病床前通宵守护。家庭的温暖、夫人的情爱，是我渡过磨难的力量。

2018 年 7 月 31 日 / *179*
　　候诊大厅总是座无虚席，老面孔少了，新面孔又加入，等了一个多钟头才轮到我进放疗室。唉，患癌的人怎么就这么多呢？

2018 年 7 月 31 日 / *181*
　　特赦令。永别了，癌君。

2018 年 8 月 1 日 / *183*
　　建军节，想起一位将军。秦大夫和亓大夫。八十老翁从头活。

2018 年 8 月 3 日 / *187*
　　家人的爱，对丹青的沉醉，是我的制胜法宝。

2018 年 8 月 6 日 / *189*
　　文集装帧设计，高端大气。

2018 年 8 月 7 日 / *191*
　　临碑帖是一大乐事。花鸟画近作出版。

2018 年 8 月 10 日 / *193*
　　舍弃，是一种心胸、人格、智慧。

2018年8月15日 / *194*
    另眼相看赵李红。送她牛画小册页。

2018年8月16日 / *197*
    艺术追求无止境。首批获赠文集的人。结识几位大学校长。

2018年9月5日 / *199*
    癌君被驱离。一生好酒的舅舅九十九岁去世。

2018年9月20日 / *201*
    文集首发式别具一格。老友难得相聚。

2018年9月21日 / *205*
    新华社发通稿评述文集。"鲁光作为这几十年中国体育、文学、书画发展的亲历人,以自身的作品成为这个时代的见证人,而这些见证和记录都在《鲁光文集》中留存下来。"

2018年9月23日 / *206*
    观中秋雅集画展。见刘勃舒坐轮椅,悲从心起。晚餐聚会陶然亭。

2018年9月26日 / *210*
    张占鳌为我立传。下榻金华北山鹿湖山庄。小女孩写给我的信。

2018年9月29日 / *213*
    神聊三天三夜。游双龙洞。范曾说书体变法。北山观景。

2018 年 9 月 30 日 / 216
　　文化老街古子城。黄宾虹公园。汉字渊。大家艺苑会老友。半壁江山素餐。

2018 年 10 月 1 日 / 223
　　青年企业家的文化梦。他想请梁衡去写树。看过我的艺术馆才能真正读懂我。

2018 年 10 月 2 日 / 227
　　山居庭院。我出生的老屋。老祖母的最后诘问。徐氏宗祠。

2018 年 10 月 8 日 / 230
　　楼国华尽兴挥毫。我赠他牛画。他喜欢"站着是条汉,卧倒是座山"的题字。

2018 年 10 月 11 日 / 232
　　我的大画《中国牛》落户铁牛集团,是最佳归宿。

2018 年 10 月 12—20 日 / 234
　　赠书的故事。我家的朋友毛书记。横店,癌症病人大聚会。

2018 年 10 月 21—27 日 / 240
　　匆匆游览婺源、查济、茂林、桃花源和小岭。为王涛题字"涛声依旧"。

2018 年 12 月 4 日 / 245
　　绍兴行。女排精神座谈会。陈招娣资料库。

2018年12月6日 / 250
女排精神报告会。意外奖。良渚,三个女总一台戏。

2018年12月15日 / 256
捐赠五峰山居的一封信。

2018年12月22日 / 261
为高莽画像。华君武、高莽隔空对话。老虎九十不出洞。书山常相守。

2019年1月17日 / 267
百花迎春联欢会。又见苦禅老师的巨作《盛夏图》。步行十里送对联。

2019年1月18日 / 270
邢老为人作画不惜笔墨。给人的是欢乐,自己承受的是痛苦。

2019年2月20日 / 275
多一个艺术粉丝,比多一笔收入,感觉更好。为画廊题字"大瀚艺术"。

2019年2月25日 / 278
延寿寺一日。与方丈对话。书画结缘。做自己欢喜的事,做大自在的人。

写在结尾的话之一 / 284

写在结尾的话之二 / 287

流感。住院。交友。

2018年1月8日

　　这次流感来势很猛。新年伊始各种活动较多，画展频繁。家人一再叮嘱，少参加活动，人多的地方不要去。但我只当耳旁风，依旧不停地外出。我自恃体质好，一生几乎与感冒无缘。我年轻时在上海当记者，常年洗冷水浴。冬天的上海，滴水成冰，但我跳着脚洗冷水浴。到了北京，我还是洗冷水浴，从春天到秋天，直到冬天。尽管寒冬凉水刺骨，但我咬牙跳脚坚持。多年的冷水浴，使我有了强大的抗感冒能力。几十年来，我几乎从未感冒过。我过分自信了。岁月已使我抗感冒的能力逐渐失却。前几天,琉璃厂一位老画家办画展,邀请我参加。我毅然顶着严寒为他捧场。那天场地小,人多,不少人戴着防流感的白口罩。傍晚回到家,我就发烧了,而且高烧到 39℃。两个女儿急了,连夜陪我去天坛医院看门诊。检查报告显示,肺部有炎症。医生建议我马上住院。

我住进了综合楼四层病房,连夜吊针输液。看着药液一滴一滴缓慢地往下滴,我的思绪回到了三十年前。因为送苏联客人,我喝酒过了量,心脏有反应,急诊住了院,住的就是这个病房。住了十来天,查个溜够,没有查出任何毛病。护士长郭小妹笑道:"你的心脏比我们年轻人还好。"那时我沉醉丹青,一听说心脏没事,画瘾就上来了。我在病房里铺纸画画。郭小妹见了把我好一通儿说,"病房里不能画画,弄得那么……"这个护士长好厉害!我调侃道:"画多美呀!我小心点不会弄脏的。"她的先生张占鳌是《人民日报》记者,听说我在住院,急切地想结识我。估计他知道我是写报告文学《中国姑娘》的作家。小妹转达了丈夫的邀请,到她家吃顿饭。她给我倒啤酒,我笑着说:"不喝了,我是因喝酒住院的。"她笑道:"喝一杯吧!你身体什么事都没有。"我与占鳌边吃边聊,很投合。她的儿子上小学,爱画画,老缠着我画画。也许因为我夫人也是医务人员,小妹爱来我家串门聊天。占鳌又与我有共同语言。前些年，占鳌又拜我为师学画。三十多年来，两家从未间断来往。真是不打不相识，住一次院，交了一位护士长朋友，收了一个画徒。值呀，太值了。

老护士长郭小妹（左二）与先生张占鳌（右一）出席我画展时的合影

三十年住一回医院，说明我的身体够强壮的。我出身农家，好身体是从小练出来的。插秧、割稻、砍柴、放牛，什么活都干。上中学时，学校离我家小山村九十里。周日，为了回家看奶奶，我天不亮就起程，穿一双草鞋，走到中午两点到家。与奶奶聊聊天，下午三点便起程回东阳。一天一来回，一百八十里。就这样练就了我的一双铁脚板。我个儿不高，但身板硬朗健壮，行走快捷。我想这都是靠那时走山路练出来的。眼下八十又一，健壮的身板只是表象，体质已开始衰弱，一个流感就把我击垮。也许是思绪万千，加之被子太厚，燥热难当，一夜未能入睡。

聊天是一种享受。为护士长画猪。我是医盲。带着『大问号』出院。

2018年1月9—17日

  我住的是三人间，住了两个病人。病友是位八十五岁的老同志。他好说。他说，他十四五岁时，北平被解放军包围，学校停课。家穷，听说参军有饭吃，三五个同学一商量，就出北平，去河北找解放军部队。一支游击队收留了他们。他参加过抗美援朝，当报话员。他们发报组一共五个人。战争中志愿军伤亡36万余人，但他们报话组五个人都活了下来。战友情深，至今他们还常联系。

  这位老病友说，他有两个女儿和一个儿子。儿子来看望他了,一进病房,就高声说:"老爸,条件够好的,知足吧!"后几天来看望他的是两个女儿。病友说:"儿子和儿媳妇在日本待了八年才回国。如今开了七八家日本料理,日子过得还可以。"儿子开店的启动资金是老人出的。老人有两处房产。一处卖了给儿子开店。另一处为解决孙女的学区房也没了。眼下老两口住儿媳妇家的房子。老人说:"我打算自己租房住。住儿媳妇家的房,得看人家脸色,心里别扭。"我说:"你为他们做了那么多,两处房都没了,住间房应该的。"老人叹口气说:"同志,你没体会……"真是每家都有一本难念的经。

也许是记者职业养成了我爱聊天的习惯。坐火车跟旅客聊,住医院跟病人、医务人员聊,回乡下跟邻里聊。聊天是一种享受,可以丰富生活,增长知识,增加阅历。家人最了解我,"你呀,在哪儿都不会寂寞。"本来住医院,成天面对着白大褂、白墙,是枯燥寂寞的,但我觉得接地气,是了解社会的好机会。三十年前,就在这家医院结识了人民大学的一位校长。他感叹人生:"人活着是1,1倒下了,后面全是0。"是啊,人一走,还有什么呀?老婆孩子、名誉地位、房屋家产,什么都归零。这番悟透人生之语,让我受用一生。健康第一,看淡一切。

早餐后查房,躺下输液。我对女护士说:"被子太厚,一夜未睡好,给换床薄的。"女护士瞪了我一眼,说:"就你事儿多。昨夜刚住进来,嫌被子薄,非要换厚的,现在又要换薄的……"一副不乐意的样子,挺厉害的。她说:"下午换!这回给你换,下回不给换了……"我的牛脾气上来了,说:"该换还得换,但不找你换……"她有点不以为然地说:"不找我,找谁换?"待她走近时,我看清她胸前的小牌牌了,"李鑫,护士长"。我心里暗暗叫苦,"这下坏了……"我细细打量她,中等个儿,不瘦也不胖,标致干练,双眼大而有神,严肃中透出灵活,估摸三十多岁。我联想到当年的护士长郭小妹。看来,能当上护士长的女人,都不是好惹的。下午,她拿来一床薄被子,说:"给你换……"我找台阶下,想以幽默补救早晨的冒失,说:"我属牛,有点牛脾气……"李鑫说:"我也属牛。"我如获至宝,调侃道:"呵,老牛碰上小牛了……"她有几分淘气地

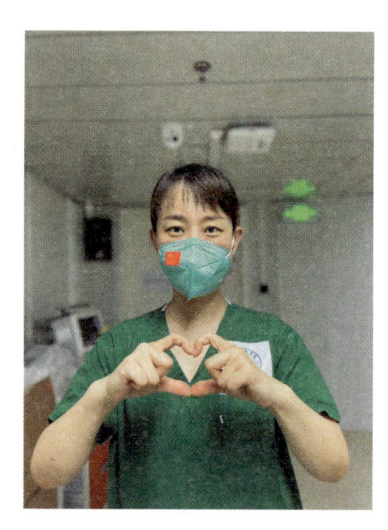

护士长李鑫

笑道："逗你的，我属猪。"这个小李护士长还真有点个性。

这些天，她见面总跟我打招呼，好像没记仇，反而有一种亲切感。我心想，搞不好，我又交上一位护士长朋友了。我将三十年前与护士长郭小妹不打不相识的往事告诉了她。她说："我知道，他们夫妇不是来探望你了吗？还跟医院上下打招呼关照你……"说完一笑，便忙别的病房去了。有一天，她过来说："我知道了，你是作家，又是画家，网上看到的。你会画猪吧？"

我想画幅猪送给她，但病房里无笔无纸无墨。护士站墙上有个意见栏，有些小纸条。我撕下一张，用圆珠笔勾写了一头小猪。她来查房时，给了她。她很珍惜这张即兴小品，说："我喜欢，珍藏了。"我急忙说："瞎画的，不要留。你喜欢，出院后用宣纸好好给你画一幅。"

送给李鑫的画（一）　　送给李鑫的画（二）

画猪，我有点自信。记得2007年，在原中国画研究院，时任院长刘勃舒和海外两位画家都属猪，一时兴起合作画猪。也许他们都未画过猪，便问我这个客串者如何画猪。我家养过猪，我割过猪草，起过猪圈，熟悉猪。而且，我们家乡用两头乌猪做的金华火腿，是天下闻名的美食。我还在列车上听一位动物学家说过猪。他说："猪眼睛小，但很聪明，而且猪还爱干净。"我说："猪圈多脏呀……"动物学家说："猪会挑一个干净的地方待。"我画猪融进了我对猪的这些理解。我斗胆为三位大画家画了一头"样品猪"。勃舒是三位中的老大，先动手。他用画惯马的笔法画出一头猪，但怎么看都有马味，可称"马猪"。两位海外画家各画了一头猪。他们嘱我题跋。我即兴题了三个字——"三公图"。一语双关，既指纸上三头公猪，又尊称三位画家为"三公"。在场者无不捧腹大笑。我画的样猪也被海外画家夫人收藏走了。我没有将这个故事告诉李鑫，但我自信会给她一幅好画。

打点滴，服药，几天之后感冒就好了。主治大夫刘丽，是一位安徽姑娘，胸前衣襟上戴着一枚团徽，年轻靓丽。她说："难得住院，全面查一查吧！"我欣然接受她的建议。B超、CT、抽血、留尿、留大便……凡是能查的都查了。刘丽说："鲁老，你的身体很好，只有一项指标高了些。"一听这个消息，我有点兴奋不已，急不可待地打电话给夫人："大夫说，各项检查结果指标都无大问题，身体很好，只有一项指标高了些。"夫人问："哪项指标高？"我还真不知道，语塞了。严格说，我是医盲。身边有了夫人这个保健大夫，大松心，连平时吃药也不过脑子。退休之后，我常回老家，每次夫人都将要服用的药给我准备好。我每次都带足药，不带，夫人这里通不过。其实，我有个偏见，认为任何药都有副作用，能不吃就不吃。夫人有一年跟我回老家，看到屋里有许多未吃的药，才发现了我的"秘密"，狠狠地把我骂了一通儿，直叹气："无知呀，太无知了。"她苦口婆心地给我讲了一通儿防病治病的道理，我才真正开始服药。但服用什么药，还是不上心。药名十有八九记不住。我的大弟徐新济说："大哥身体好，全靠大嫂。"这话还真说到点子上了。

我急忙去找刘大夫问："是哪项指标高了？"

刘大夫说："前列腺增生。tPSA（总前列腺特异性抗原）指标高。应不超过4，你是18还多，需要复查。我给泌尿科开个核磁共振预约单……"

天坛医院泌尿科专家一见预约单，便说："做核磁共振，马上住院！"

还没有出院呢，又要转病房住院，我头都大了。我的画友邢振龄是一位老癌症病人,十几年前查出前列腺癌,手术是在友谊医院做的。听说我的情况后,他说:"如果核磁共振确定不了是否有癌症,那就得做穿刺检查。我是'老癌症',我有经验,多年病号已成半个医生,有事随时找我。"

我不想马上又住天坛医院做核磁共振。如果做,想到友谊医院做。这个选择的依据就是老邢走过的那条路。他能活十二年,这家医院可信。当然,这是主观判断。其实,老邢能生存到如今,不知跑了多少家医院,他的真实求医经历,我是后来才知道的。决定去友谊医院还有一个原因——我的一位画友的爱人在这家医院工作。有个熟人,总比两眼一抹黑要好些。

离开天坛医院,心情是不轻松的。会不会得癌,这个沉重的问号老在脑海里闪动。也许只是前列腺肥大,心存侥幸。

> 患难识知交。有朋友真好。

2018年2月1日

今日上午按预约时间去友谊医院做核磁共振。

我动用了朋友关系。前年冬月,画家李利办个展,与夫人李红来家接我去观展。我结识李利少说也有二十多年了。头一回见面,已记不清在什么场合。他供职邮票部门,时不时给我寄首日封或有意义的邮票。十多年前,他陪同刚从美国回来落脚京城的山水画家杨明义登门看望我,之后又张罗与画家孔维克、杨明义相聚,隔三差五来电交流。渐渐地我们从相识到相知。2003年初秋,他请我去他家看过他的一

李利（左一）和夫人李红（左三）来看我的画展

些画。豪放、粗犷、即兴，是留给我的印象。我在他的一幅山水画上题过字——"写心中山水乃艺术之真谛也"。想不到十年后，他的画面目一新。泼彩泼墨，天马行空，独往独来。满纸彩墨，寄寓着他的理想和追求。在墨线彩线中，任情感流淌飞扬。在印象画面中，有房子、树木等具象。好评如潮。中国书店为他出版了大型画册《李利画集》。收入画集的第一幅作品，居然是十多年前我题跋的那幅山水画。他夫人李红一直陪我观展，并不时作些介绍和点评，绝对是李利的艺术知音。虽然我头一回见她，但没有陌生感。她说，她是老护士，在友谊医院胸外科工作，让我有事找她。我认识几位大医院的医生，都很客气地打招呼，让有事说话。但我总回答说："虽然我们是好朋友，但最好我永远不要有事找你。"大家会意一笑。有事找他们，那肯定是厄运了。如今还真的摊上大事了，不找她找谁呀？

李红特别热情，一边安慰我，一边帮我找大夫。她说："泌尿科张道兴副主任人好，医术也高，我已打招呼了，找他吧！"

李红百忙中挤出时间，陪我们去张大夫的门诊室。张大夫很仔细地看了天坛医院的病历后，说："先做个核磁共振。"李红又陪我去预约做核磁共振的时间。谁知一约就约到了3月1日。糟糕，春节后才能做，太耽误时间了。我内心焦虑，但无奈。李红说："这事交给我来办，你们先回家休息。"当晚，李红就来电话，说："办妥了，明天就过来做。"提前一个月做核磁共振，为及早判断病情争取了宝贵时间。我对李红夫妇的感激之情油然而生。

患难识知交。有熟人，有朋友，真好。

> 心存侥幸。"二进宫"。同室病友幽默乐观。

2018年2月5日

　　上午去友谊医院门诊，挂了泌尿科张主任的专家号。

　　从2月2日做核磁共振后，全家都处于不安中。但愿核磁共振可判断病情，免去做穿刺手术的痛苦和麻烦。我一直心存侥幸。一旦做穿刺手术，查出癌的概率就很高。夫人沉默寡言，心事重重。她是学医的，肯定比我想得多。她多次要陪我去医院，尤其今天更是态度坚决。我和两个女儿都执意不让她去。她瘦弱，怕她太累，承受不了意外打击。我最后表态："今天不用去了，有什么情况，我不会隐瞒你，一定告诉你。"

张主任打开电脑，仔仔细细地看了我的核磁共振片后，说："不能排除癌，需要做穿刺检查。"语气肯定，毫无商量余地。张主任马上为我联系好床位。唉，才时隔半个月，便"二进宫"，我无奈住进了医院。

泌尿科病房在外科楼六层，三人间，已住进一位病人——大兴区的一位农民。他是来做肾结石手术的，人很热情耿直。我问他还有没有其他毛病。他说："没有。"

午餐时，我吃医院的饭菜。同房的这位农民却不吃，说："医院的饭菜吃不惯，我从外面街上买的……"一箱方便面，一大包肉肠，还有橘子、黄瓜、西红柿，他大口大口猛吃，吃得真香。

入夜之后，我们聊天。我打听北京郊区农民的日子过得如何。他实话实说，日子过得挺好。他说，他家原来的院子很大，房改时被收走了。分给他四套房子：两套三室一厅，两套两室一厅。两个女儿一家一套，他自己住一套，还给了城里的哥哥一套。每月有2000元生活津贴。医保也有，报百分之九十。他很知足了，说："小日子过得美着呢！"他查体了，没查出肾结石。他笑道："不知结石跑到哪里去了。"这位与我只有一夜缘的农民病友，纯朴、幽默、乐观，简直太可爱了。

全麻。睡醒一小觉,手术已结束。给女儿连发三个大红包。

2018 年 2 月 7 日

　　昨日,李红和李利夫妇到病房看望我。他们知道我今日要上手术台,和我聊聊天,说些放松心情的话。既然住进了医院,我倒不紧张。听说是全麻,没有疼痛。我此生从未经历过任何手术,有一种新奇感。但在心里,我作了最坏的准备。我没让李红和李利夫妇久留,说:"你们忙去吧!我这里没事的。"望着他们离去的背影,我有些感动,朋友的关切使我感到温暖。临近春节,访亲会友正热闹。要去家里看望我的还真不少。住院是"保密"的,外界没有人知道。

画友和学生打电话约时间，我不得已都谎称在外边有事不在家。学生刘剑影夫妇的画廊开在琉璃厂，家就住在友谊医院边上，执意要到家里拜年。我说："我有事，我夫人在家，你们去好了。"我一生好交朋友，待人真诚，一再推托不见客，他们肯定会很纳闷，但我不愿给别人添愁添堵。有欢乐大家共享，有病痛自己承受。

刚用过早餐，医务人员就将我转移到一间六人住的大病房。这是一间准备手术和手术后观察专用的病房。我住一号床，静静躺卧着，等待进手术室。手术要等到十时之后。小女婿李莹已一早来病房守候着我。

我虽然没做过手术，但不怕。不过心里还是有些发怵。医生说："全麻，不痛的，而且是个小手术……"十点半，人坐轮椅被推送到三层的手术室。手术室很大，有好几张床，同时有好几台手术。七八位身穿绿衣的医生、护士，像打仗似的忙碌着。这架势，我是头一回见到。护士让我躺在床上，给我打了一针麻药。我好奇地看着医生们来来回回走动，看着看着就睡过去了。约一个小时后，我醒来，手术已做完了。躺着休息了半个钟头，连床推出手术室，回六楼大病房。

大女儿过来看望我。女儿的体贴照料，让我感动。我一病,两个女儿和两个女婿忙前跑后,我深信民间的那句名言,"女儿是贴心的小棉袄"。在天坛医院住院时,大女儿过来给我洗脚,我心里感到好温暖。今日我正玩手机,一高兴给大女儿发了个红包。一次最多发 200 元,我一口气发了三个大红包。大女儿打开手机,见连发三个红包,笑着问:"老爸,发那么多红包干吗?"我在心里想,奖励女儿的一片孝心,嘴上却说:"一病,忘了给你过生日了,给补上。老爸不会转账,只会发红包……"女儿也会心地笑了起来。

在大病房住了一夜。有大便感,护士长说:"是假象。"我不信,进卫生间,结果没大便。我冲护士长笑道:"还是你们有经验。"穿刺后,没有特别的感觉,只是行动不方便。我睡眠好,一觉睡到天亮。

> 出院，直奔饺子馆。作家刘心武说查体。等待『宣判』。

2018年2月8日

早上八时多，查房。主任医生带着助理医生和护士长，一拨人来到我的床前。看了尿盆有无尿血，张主任说："没有问题。"我问："可以出院吗？"张主任果断地回答："随时可以出院。"九时许，又将我连人带床推回原来的三人间。拔了尿管，又开了一点出院后吃的药。住了三天的院，经历了一次"小手术"，我出院了。从西门出院，不远处就是虎坊桥。已近中午，我对女儿徐琪说："改善一下伙食，去清华池边上的那家饺子馆吃水饺吧！"

要了三份水饺，每人二两，吃得很香。我说："这里的水饺太好吃了，下回带你妈来尝尝。"女儿淡淡一笑，说："你吃医院的饭菜吃腻了，吃什么都有味道。"慈禧太后在逃难的路上吃窝头，就觉得窝头好吃，回到宫里仍然想吃窝头。其实是饿了才觉得窝头好吃，理是一样的。

"二进宫"后回到家，感到分外温馨。穿刺结果要等春节后才知道，先欢欢喜喜过个年再说，但心里总不踏实。从治流感住院，到查癌症住院，仿佛是从一个陷阱掉到另一个陷阱，一切身不由己。我心想：应放慢节奏，不管再查出什么病，都不能这么匆匆忙忙，一进宫，二进宫，得冷静思考后再往下查。"文革"时，东北一个画家在某家大医院查出胃癌，被建议立即手术。我们让他到另一家大医院再查，结果排除了癌症。误诊是时有发生的，我必须慎重。即便查出什么，也不能马上住院动刀子，多咨询几家大医院，多咨询几位大医生，待确诊后再手术也不迟。

我将这个想法告诉了夫人。夫人说："你心态好，顶下来了。换成我，就垮下来了，我承受不了这么大折腾。"

每年三月召开两会期间，作家赵丽宏都要邀请京城朋友相聚，我是参加饭局的常客。基本食客有从维熙、刘心武、陈丹晨、肖复兴、李辉、罗雪村等，有一次还有影视明星蒋雯丽。说是宴请，实际是友情组稿。这些名家都成了丽宏出任社长的《上海文学》的作者。用感情投资组稿，这是丽宏的高招。席间聊出什么，印象不深，但刘心武的一次聊天，却深深印在我的脑海里。他说，他不查体。我们说，该查还得查。他说不查体的缘由是"一查出问题就麻烦了"。他举出《人民日报》一位记者的事例。他说，这位老兄爱查体，查不出毛病接着查，最后查出癌细胞来了。不到半年，这位老兄就过世了。不查呢，不知有癌症，还可以多活些日子。仔细想想，心武之说，还真有些道理。

多年体检，我都查，一直没有什么大问题。但前列腺这一项一直没有查过。近年来排尿有些困难。去年，夫人提醒我，应查一查。我去天坛医院取药时，曾要求管我们的大夫给开单查一下。我已吃过午餐，查前列腺要求空腹，又作罢了。这次在天坛医院查出前列腺指标过高，说不好真会出大麻烦。朋友、家人都安抚我，不会有事的，但我心里直打鼓。万一查出癌症怎么办？如果查出癌症，不等于宣判我死刑吗？最好的结果也是死缓。

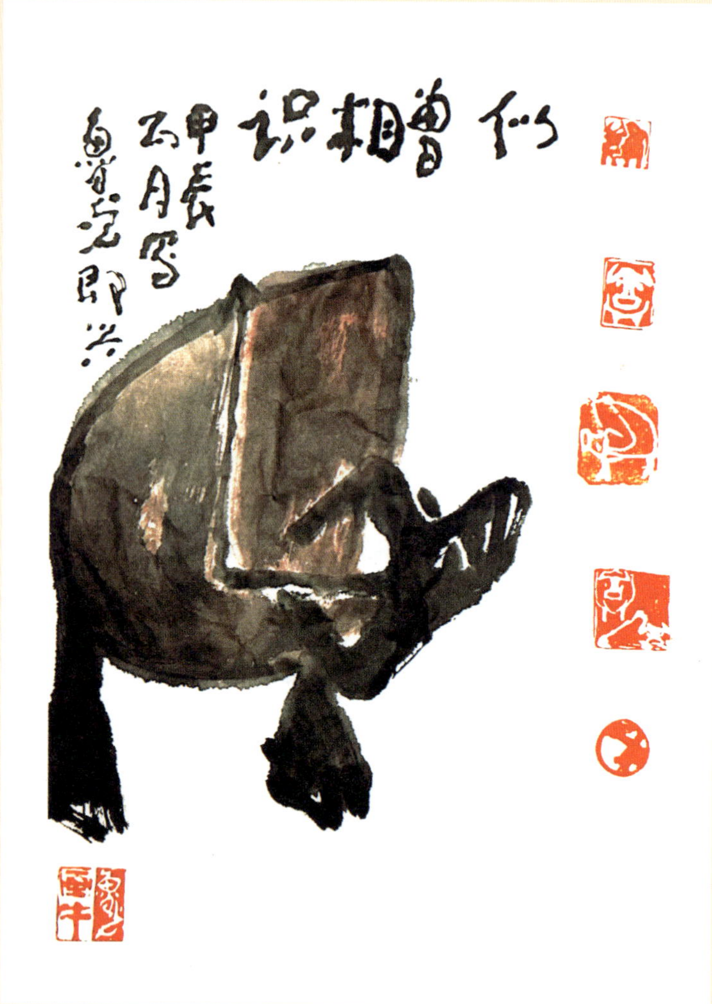
似曾相识
甲辰五月写

画画寄乡愁。她是一位贤达女人。夫妻话生死。

2018年2月20—25日

这些日子，我天天画画，有时一天画好几幅，牛、花、人物什么都画。闲来无事，微信发几幅给圈内朋友品评。范承玲点评，"浓浓乡愁"。她点到了内涵的深层。在这些等待判决的日子里，谁都不轻松。虽然表面平静，但内心思绪万千。我已意识到，穿刺的结果凶多吉少。不祥之兆，像浓重的雾霾，笼罩着我。

表面平静的我，内心已作最坏的准备。悲情使我停不下手中的笔，没日没夜泼彩泼墨，画的尽是故里的风情、儿时的生活。人生苦短,我怕回不去老家,见不到弟妹和故里的朋友。

公婆岩、建在山下的五峰山居,夜夜入梦。想家乡,想亲人,空前强烈的思乡思亲之情,使我产生了一种生离死别的悲情。

"你这些日子画了一二十幅了。"夫人每天都到画室看我挥毫,这是往日不曾有的现象。不停地画,画画画……她不时地过来,只是默默地看着不说话。我们心照不宣,谁也不愿捅破这层纸。

夫人曹爱贞,当年是一位靓丽的"白衣天使",在林巧稚当院长的北京市妇产医院供职。我虽属五短三粗的丑男,但找媳妇的重要标准却是"俊"。感谢她嫁给了我这个穷秀才。婚前,我的枕头是书,虽然当了记者,满世界跑,却连块手表也没有。结婚时,她自己添新衣,给我买了一块上海牌手表,还买了一台牡丹牌收音机和一对枕头,花的都是她婚前的积蓄。我曾问过她:"这么倒贴,后不后悔呀?"她只笑笑说:"上当了……"金婚那年,我写了一篇题为"牵手五十年"的文章,配了数十幅她的照片,精印了一本小册子,送给她留念。我在文中称她"上得了厅堂,下得了厨房",是一位贤达女人。她比我小两岁,也已年近八十,身子清秀，比较瘦弱。她每天操持三顿饭。早餐，一个鸡蛋，或煮或煎，一杯牛奶，主食花卷、面包、火烧换着吃。三餐调理得很到位，既让我吃好，又控制我的食量。这些日子她比任何时候都温情，这更加重了我的不安和内疚。闲坐时，我们议论过死后如何安排后事。她说："如果我先走，把骨灰先保存好，等你走后，一起送回你们老家安葬。"我说："原先，我是想死后葬回老家。像张大千一样，在庭院的山丘上种棵梅树，我们就在梅树下长眠。但我又想，中国虽然地大，但一代一代埋葬下去，哪有那么多的地。如今，连历代皇帝的墓都纷纷被挖了……死后，不回老家占地了，也不

在海南兴隆休闲的日子

进公墓,树葬、海葬是我们的首选。"我又说:"丧事一切从简。不开追悼会。如今寿命长,你走了,同辈人也已自顾不暇,参加追悼会已心有余而力不足。有悼词不要到追悼会去念,在生前能听到最好。"夫人亦赞同我的想法。当然,这些身后事,只能由后人去办。这不是悲伤,亦非悲情,这是人清醒时说的清醒话。这些想法不是眼下产生的,前些年就在议论。年轻时,是不会去想这些身后事的,到了耄耋之年,是不想也会想,因为死亡需要你面对。

我与夫人及孩子们约定,如果得了癌症,对外一概保密,我们不愿给朋友和亲人们带去不祥消息。有难,自己承受;有苦,自己吞下。一言以蔽之,将欢乐给别人,把痛苦留给自己。

死亡通知书。无奈。如何过这道坎儿？夫人哭了。多方问道。

2018年2月26日

一早就去友谊医院挂了泌尿科张道兴副主任的专家号。自从我感冒住天坛医院，后来住友谊医院，我爱人就一直想去医院看望我。我和两个女儿都不让她来，怕累着她。这次有了结果，关系到下一步的治疗方案，才让她一道来医院。我们才在张大夫门诊室坐下来，张大夫便开门见山说："情况不好……穿刺二十四针，有四针发现了癌细胞，"顿了顿，又补充说，"属中上。应该说，情况很严重。"

张大夫说："有三种治疗方法：一是手术根治，二是植入同位素，三是放疗化疗。"他又介绍了每一种治疗方法的利弊。

"你建议我用哪种方法治疗呢？"我问。

"不好说……植入治疗，也要植入后观察。"张大夫回答得很严谨。

我说："前列腺癌细胞扩散慢。我不管它，不治，会怎么样？"

他平静地回答："要是不知道得癌可以。知道了，心里这道坎儿过不过得去？"

"能过去这道坎儿吗？"我反问自己。

人生有生就有死，但不知死于什么病，死于何年何月。谁也逃不过死亡，得了癌，就等于收到了死亡通知书。晚死，只是缓期执行。缓期几年？三年五年，十年八年，谁也不知。

死，我不怕，怕也没用。我回答张大夫："我能闯过这道坎儿。"

张大夫不再说话。我爱人叫我回避，有话跟大夫说。我笑道："我都知道得癌了，就不必回避了。"

张大夫最后说："你们先回去商量一下。如果要住院做手术，我给安排床位。"

出了诊室，我、夫人及大女儿徐琪站在走廊里，不知所措，真有一种叫天天不应、叫地地不灵的无奈之感。去哪家医院，采用哪种办法治，我们茫然。

回到家，我爱人掉泪了。她说："你这么一个好人，一生做了那么多好事，怎么癌症会找你呀……"越说越难过，泪水擦掉又流，止也止不住。她说："这道坎儿我过不去，过不去……"在记忆中，她是从来不说我好话的，此时总算说出了心里话，我深感欣慰。我说："得癌症的人多了去了，周总理多伟大，癌症不也找他？"

我的同窗好友、剧作家沙叶新2008年查出癌症，我打电话安抚他："小沙，多保重吧！"沙叶新无奈地说："鲁光兄，保重有什么用，怎么保重？我也不知道，我怎么会得癌……"

至今，医学界也搞不清癌是怎么产生的，又该怎么杀死它，所以没有治癌的绝招，没有治癌的灵丹妙药。

前列腺癌，是一种扩散很慢的癌症，人们称它为幸运癌。我虽不幸得此绝症，但还不至于马上去见马克思，还有几年至十几年的存活期。今年老夫已年届八十一，或许还会有八九年的时间。九十之前走，算长寿了。一生已圆三大梦：记者梦、作家梦、画家梦。到这个世界没有白走一遭，多少留了些痕迹。知足矣！知足常乐。我的人生理念是"宁可忙死，绝不闲死"。余生，我依然会如此。写我的文章，画我的画，快快乐乐地活着，有质有量地活着。我奋斗过，追求过，做过很多梦，也圆了很多梦，此生是活得很值的，但属于我的那页历史，已翻过去了。不去留恋曾经的事业，不去后悔往昔的遗憾，把接力棒交给下一代。大外孙将去美国深造，小外孙去澳大利亚留学，一代胜似一代。即便我马上走上黄泉路，也可瞑目，笑着瞑目。

我已拿定主意，多听北京几家大医院专家们的意见，不急着决定治疗方案。

> 问医三家大医院。两个治疗方案。

2018年3月1日

　　中国医学科学院肿瘤医院是我首选咨询的医院，托了人才挂上资深专家号，挂号费是500元。这家医院离我家很近，每次去潘家园都要路过。因为它是专治癌症的医院，给我的印象是既有几分神秘，又有几分敬畏。谁也想不到，有一天我会跨进它的大门。

　　医院走廊里，挤满了来去匆匆的人群，有病人，有陪诊者。怎么有这么多的癌症患者呀！据全国人大代表中医务界人士说，2017年全国查出患癌病人429万人，死亡281万人，每分钟查出 8.2 人。面对这么庞大的数据，我自己患癌也不足为奇了。我挤进看病的人群中，在走廊里候诊。等到叫我名字时，推门进入专家诊室，看到端坐在诊桌边的专家，鹤发童颜，他瞧了一眼病历，只说了一句话："放疗。他们有办法，下回不用找我了，"顿了顿，瞧了我一眼，说，"有钱就做个 PET-CT。"我问做一次多少钱，他淡淡地回答："一万多吧！"我说："做个检查吧！"他给我开了个预约单。

500 元，换来几句话，感到有些冤，但一瞧满走廊的候诊病人，也就想通了。专家要面对那么多人，也是无奈。我宽容了专家的冷淡。

下午，我去北京医院咨询。本来挂一位副院长的专家号，不巧，副院长外出，主诊专家是一位泌尿科副主任。我说："有医生主张做植入治疗。"他摇摇头，说："你的情况已经严重，植入治疗杀不死那么多癌细胞。"他主张化疗或放射治疗。碰到一位从唐山赶来治疗的老同志，他说："我在 301 医院做了手术根治，但尿频，一晚上起来十来次，无法入睡……"手术根治的后遗症给我敲了警钟，直接影响我是否选择根治手术。

两种治疗方案：动手术根治、放疗。中国医学科学院肿瘤医院和北京医院都主张放疗，这对我决定治疗方案起到了重要参考作用。

咨询老病号。画友、癌友。心态治疗法。老部属救急。

2018年3月2日

邢老说过,他顶半个医生,有事随时找他。决定医治方案之前,我得听听他的意见。下午,我和夫人驱车到老邢家。他老电话打听我的近况,并建议我做根治手术,而他自己做的是植入治疗。我想,他的主张,个中肯定有缘由。

我与邢振龄已相交十余年,是因画结缘。有一回,我在琉璃厂宏宝堂见到他的几幅牛画。他的牛画,虽然不同于我的写意牛,但自有风格,有浓浓的童趣。我在上海当记者时,结识丰子恺。我觉得邢振龄的画,有丰子恺先生的品位,民俗性、趣味性、儿童性挺强,接地气,我喜欢。碰巧,有一天《华人画事》主编李群来我家拜访。他说,他刚从邢老家过来。我问:"哪个邢老?"他说:"邢振龄。"我说:"我想见见他。"李群随即拨通邢老电话。邢振龄在电话中兴奋地大声说:"啊,鲁光,我十年前买过他的画册。我去看他。"我接过电话说:"我比你年纪小,我去拜访你。"次日,我便去找他。我急匆匆上了六楼,但找不到他。他来电话,说一直在六楼房门口等我。唉,我进错了一个单元门。我立即下楼,找到老邢的单元,气喘吁吁地又爬了6层楼梯才见到他。来来去去,我爬了18层楼梯。我说:"见老兄真难。"老邢赶紧引我进屋,说:"抱歉!抱歉!"他找出一本我的画集,说:"我十多年前在琉璃厂买的。书刚到,我就买了一本。给题个字吧!"我即兴左书题道:"我是小家,你是大家……"他夫人张大夫急忙说:"鲁光,你笔拿反了,话也说反了。你是大家,他是小家……"她说:"老邢人生有三个不留神。一不留神当了右派,二不留神当了总编,三不留神当了画家。"没过多久,我就为老邢写了一篇稿子《"三不留神"邢振龄》,刊发在《中国书画报》上。

  结交不久,我便得知邢老是个癌症病人,但他整天嘻嘻哈哈,是一个典型的乐天派。每天早晨打开手机,便有他的新画,少则一幅,多则两三幅,几乎没断过一天。他说,粉丝太多,国内外都有,一天不见他的画便会发微信问……身患绝症而如此勤奋,如此多产,如此乐观者,天下还有谁人?我对邢老调侃过:"水墨冲走了癌细胞。"他听了哈哈大笑,完全赞同我的看法。乐观的心态,是治疗癌症的良方妙药。

我万万没想到的是,我居然成为他的癌友。从此,我们不仅是画友,而且是癌友。人生路上不孤单,有他在身旁,我的胆也壮了。他已与癌共处十余年,我就照着他的抗癌之路前行。八十一,加上十余年,过九十也算长寿了。虽确诊癌症,但一想到老友邢振龄,我便忧虑全消。

我问邢老:"是否植入治疗好?"邢老坦言:"我做植入手术,只管用一年多,指标就高了……"我惊愕,原以为老邢是靠植入同位素治愈癌症的。只管用那么短时间,我就不做植入手术了。近两年,邢老到处求医,服用高价进口药,而且哪家医院有新药试验他都去参加……邢老说:"过了十多年了,植入手术肯定进步了,也许管用。"邢老夫人插话:"人们都说北大医院治癌最好。有熟人的话,最好去北大医院看看。"

原来,我只考虑在我家附近的几家大医院咨询治疗方案,未考虑北边、西边的其他医院。经邢老夫人这么一提醒，我决计去北大医院看一看。

入夜之后，小女儿在网上查了查，查到北京大学第一医院有位叫张骞的青年医生，医术很好，口碑亦很好，但很难挂上他的号。

我想到了我的一位老部属范承玲。眼下，她是致公党中央宣传部副部长。致公党中有不少知名医生。我仿佛找到了救星，立即给她打电话。

她回贵阳过年去了，听到我的病情，大吃一惊，怎么也想不到我会交此厄运。我一直对外保密，不泄露病情。一是有痛苦自己承受，不让朋友为我担惊受怕；二是我生性好强，不希望得到别人的同情和怜悯。为了找医生，我不得不将这个坏消息和盘托出。

不出所料，她说，她认识北京协和医院泌尿科原主任孙阳。前不久，孙阳已从计生委任上调到中日友好医院当院长。她让我将友谊医院的穿刺病历报告传给她。她说："我马上传给孙院长，请他帮个忙，有消息就马上告诉你。"

找到范承玲，我心里安定了许多。多年共事，我了解她的为人。她从我的母校华东师范大学研究生毕业后，就来我主政的《中国体育报》副刊任职。

范承玲一早就来电话，说孙阳院长已帮忙预约好明天北京大学第一医院张骞的专家号。

据范承玲告知，孙院长仔细看了我的病历报告，而且征询了其他医学专家的意见。我的这种癌病也可以不管它，因为发展非常缓慢。当然，作为医生是绝不会如此告诉病人的，但他们私下里有这个议论。

这坚定了我的决心。不治这病，干脆不治。治了，也许可以多活一些年，但余生的生活质量可能会很糟；不治，肯定会少活一些日子。我宁愿快快活活地活一些年，也不愿痛苦又没尊严地多活几年。友谊医院的张道兴大夫说："你得了癌，但这种前列腺癌发展慢，最后也不一定是它致命。说不准，它没有致你死，而别的什么病夺走你的命。"

我跟夫人再三商量，明天先去会会这位治癌高人张骞，看他怎么说。

寻找青年神医。候诊长廊里老人们的交流。

2018 年 3 月 4 日

今日一早,小女婿李莹和女儿徐琪、徐映便陪我去北京大学第一医院挂张骞的专家号。

我不愿给子女们带来过重的负担,但有他们陪伴,心里感到莫大的安慰。亲人的关爱,是别人,哪怕是最最亲密的朋友都无法给予的。我的心情很放松。

张大夫上午九时才来诊室。因为我是加号,已挂到第28号,到十一点半才看上病。

候诊时,病友们交流治病体会。一位山西病友,五十八

岁，三个月前在一家医院做了前列腺切除手术。手术前后花了四个多钟头，切口大，创伤大，日子难熬。一度尿失控，眼下刚控制住。他劝我，年纪这么大了，别做切除手术了。一位八十二岁的病人从张大夫诊室出来，直说："张大夫人真好，别找他人，就找他。"他前些年特异抗原有些高，但一直查不出癌细胞。张大夫介绍他去协和医院查，穿刺30针，查出癌细胞了。遵医嘱，吃药，打针，三个月后再定是否手术。还有一位八十岁的候诊老人，北京建筑大学教授，老人的妻子和女儿陪他进诊室。走出诊室，教授夫人说:"观察半年后决定是否手术。张大夫同意给他手术。"中午在附近一家餐馆吃便餐,教授夫人过来,与我女儿交换了电话,说:"老头不愿做手术……"

张大夫,四十多岁,长得很帅气,知道我是孙阳介绍过来的,表现出分外的热情。他要看穿刺图,可是这幅穿刺图留在肿瘤医院,要明天才还给我。我跟他咨询了一些问题,问他:"张大夫,不治行吗?"他说:"一般七十五岁以上的病人,就不给做根治手术了。我看你身体挺好的,应积极治疗。如今活到百岁的人很多,多活些年,看看这个世界的变化多好呀!"顿了顿,又说,"如果PET-CT检查结果显示癌转移在五处以下,我可以给你做手术。"他让我掀开衣服,看看我的肚子。他说:"你胖,手术难度更大。这是一个手术难度很高的活儿,北京也就几个人能做。"我明白,医生不敢给老人动刀,手术风险太大。显然,张大夫是京城的少壮派医生,有勇气承担风险。医生都敢承担风险,作为病人还有什么理由不治呢?我本打算不做根治手术的念头,被张大夫一番暖心的话和他那敢担风险的勇气打消了。

先打了一针,并领回一种叫康士得的药片服用。据说,这种针管两年。最后是否手术,得等到明天拿到肿瘤医院的PET-CT片子再定。

> 不幸中的大幸。主意还得自己拿。

2018 年 3 月 5 日

一大早，大女儿就从肿瘤医院打来电话："老爸，告诉你一个好消息，你全身没有一处有癌细胞转移……"

她马上从医院回家，带回了 PET-CT 的图片及病历报告。癌只在前列腺处有，而且包得很好，没有扩散。全身别处查出的毛病，都是良性的。不幸中之大幸。

我想："如果将前列腺处癌细胞做手术除掉，那全身就无癌细胞了。"我暗暗庆幸。

晚上，友谊医院的李红来电询问这些天各医院的咨询情况，我一一如实奉告。

她说："这些天，我找我们医院泌尿科的大夫商议过，他们说，这种癌发展很慢，不管它也是可以的。当然，也可以植入治疗。不过，你再找人商量商量吧！"

我说，北京大学第一医院张大夫医术高明，打算做根治手术。李红说："我们的大夫们说，即便手术很成功，也怕有后遗症。"

是否手术，我和夫人又犹豫起来了。咨询再多，主意还得自己拿。

漫斋，琉璃厂的一个落脚点。品茶、赏画、聊天、交友。

2018 年 3 月 7 日

下午去了一趟琉璃厂，找漫斋高红悦装裱一幅画。

这幅《菊》是盈尺的小品，满纸黄色、白色的花，黑底，特别现代，是我用计黑为白的技法创作的。发到朋友圈里，一片叫好声。"清新""超漂亮""特喜欢""看不够""收藏了"，真是好评如潮。尽管老夫年届八十一，但还是经不起赞扬，心境突然开朗起来，心里美滋滋的。

漫斋坐落在琉璃厂西街 57 号二楼 212 室，店面约五十平方米，店屋外墙上有沈鹏先生的题字"漫斋"。店里，迎面是一个白色玄观墙，挂着西泠印社社长饶宗颐的一件书法。室内陈设简单、纯朴，有老木条桌、老门板制成的博古架，琳琅满目而又错落有致的各种艺术茶具、新旧陶罐。屋里尽是有品位、文气的小品书画。宾客不断，边品茶，边赏画，边聊天。因为店里没有行画，也就没有俗客。店主高红悦，清秀典雅，待客热情大方，进到店里，从店主到书画，都给人一种赏心悦目之感。我在这儿坐得住，聊得来。近年来，这是我在琉璃厂的一个落脚点。

"帮忙装个框，送人的。"刚进屋，我说明来意。

红悦招呼我先落座，将我专用的精致小茶杯放在我面前，

漫斋是个会友的好地方

倒上一杯冒着热气的好茶。她打开我的那幅小品端详了起来。

"挺精致的一幅画,我给你配个小框。"红悦点评。

她的审美眼界高,雅俗一门清。行画俗画,是挂不进她的画廊的。她老家是大连,部队文艺演出队出身,会乐器,字画生意做得出众。走在琉璃厂街上,常碰到画廊老板,他们总说:"小高生意做得好。"小高的父亲,一位大连农民,北京老年大学学过几年书画,常拿自己的画到街上摆摊卖。我问过他:"怎么不拿到女儿店里卖呀?"她父亲笑着说:"我是自娱自乐,挂不进去的。"可见,红悦是一位坚持品位的画廊老板。

与画家砚云偶有合作

我们聊熟了,她说:"我开画廊不是为了钱,是为了女儿。我最大的收获是让女儿从小就在艺术氛围浓厚的琉璃厂文化环境中成长。"一位将女儿的前程放在首位的母亲!

通过近几年的接触,我对她有了些了解。她很会经营,不贪大,不图热闹,而注重人品、画品,营销上讲实惠。漫斋的字画,一是文化人的小品,二是高僧的墨迹。画价适中,让人买得起,藏得起。

我在漫斋坐得住的一大原因,是这里是文化人相聚的地方。在这里,我结识了大报编辑记者,如光明日报报业集团主

为青年演员刘冰画作题跋

办的《书摘》杂志的林凯和计亚男。大学校长，如北京语言大学校长刘利。人民美术出版社总编辑、书法家林阳，荣宝斋刘鹏、王祥北、唐昆，青年戏剧演员刘冰，书画家砚云、吕居荣，收藏家洪桦、罗贤抒、曲明，都是这里的常客，老邢、老何更是常来这里品茗挥毫。山南海北，谈兴极浓，收益颇丰。在京城，高档画店、大画廊林立，但要寻觅一家像漫斋这样留得住人的场所也不易。

兴之所至，有时就在漫斋即兴作画。去年，我送国际奥委会主席巴赫夫妇的画，就是在这里画的。画好后，红悦帮

与画家刘鹏交流甚欢

忙装裱、配盒。

　　有时聊到了饭点，红悦就叫来"斋饭"，我们边聊边吃，轻松愉快。饭局，太累。红悦一般也不外出应酬，她要管女儿，陪伴女儿。

　　我说邢振龄用水墨冲走癌细胞，说的是心态，用乐观的心态治疗癌症。我常到漫斋品茶闲聊，娱悦心情，步的正是邢老的后尘。有病，治疗是必要的，但用好的心态治疗要比单纯用药物治疗更重要。逛琉璃厂，去漫斋，聊艺术，玩彩墨，肯定是一味难得的好药。

> 纠结中再次发微信麻烦人。朋友劝慰,"相信奇迹会发生"。

2018年3月8日

晨五时许,我和夫人睡醒了。我们又讨论根治手术的利弊。夫人让我将PET-CT的检查报告发给范承玲,并将我们的纠结告诉她,让她向孙阳院长咨询。

我发了微信。

"传过去肿瘤医院PET-CT检查报告。全身无癌细胞转移,只有前列腺有癌。北京友谊医院、肿瘤医院和北京医院都没有手术意见,唯独北京大学第一医院张骞大夫主张手术。他的手术前提是,癌细胞转移在五处以下和视前列腺缩小情况。眼下，癌细胞无一处转移，符合张大夫可手术条件。张大夫说，我胖，手术难度大，但他可做。其他不主张手术的大夫，主要是认为我八十岁了，担心手术后遗症。我拿不定主意。你能否再咨询你的医生朋友？"

范承玲回信："鲁老师，晚上好。我一会儿通过孙阳院长询问情况。老鲁，别纠结。昨天听你说，做手术也要三个月或半年之后。据我理解，这段时间假如吃药、打针控制得不错，就可以不手术，相信奇迹会发生。"

我再发微信："好，没事的，我是不幸中的万幸。发现了癌，但没有转移，而且这种癌发展很慢，是一种幸运癌。发现癌后，没有耽误，咨询了京城诸多名医，特别是你帮我找到了'少壮派刀手'张骞。真是危难见知交！"

为这次再咨询，小女儿徐映狠狠地将我们老两口说了一通儿。这不为难人家吗？主意要自己拿。虽然小女儿的态度有些厉害，让人难以接受，但细想起来，也有道理。

一早，天坛医院护士长李鑫和主管大夫刘丽发来微信，问及出院后复查情况。她们关心着我呢！

我如实地将近况告诉她们，感谢她们为发现我的癌病所作的贡献。

我的大画《中国牛》，矗立中国美术馆，彰显中国精神。

2018年3月10日

昨天，3月9日，是小外孙李砚旭的十九岁生日，一忙就顾不上给他过生日了。今天无事，中午给补过。

李砚旭说："我要去澳大利亚上学了，以后在北京过生日就难得了。"我们瞒着他，但这个机灵鬼已知道爷爷得癌。他说："爷爷，你身体好，心态好，没事的。"晚辈的祝福，我乐意听。

下午去中国美术馆看展览。"时代华章"是中国画学会的第二次学术展，头一次学术展也是在中国美术馆，我送了一幅《生命》，红烛题材。红红火火，因题材独特，颇引人注目。这次画了两幅大画，一幅《中国牛》，还有一幅《鸡冠花》。中国画学会是中国画的最高殿堂，成员遍布全国，几乎所有名家都是它的成员。它的学术展，无疑代表了当今中国画的最高水平和最新艺术动向。去年秋天，我在老家山居静心创作。我的想法是，我送展的画无论题材还是形式都要有别于他人。牛与花，权衡久久，最后决定送展牛题材的画。这幅牛画，二十四平尺，半张丈二匹，竖画，只画一头正面行走的牛。题了两行字"站着是条汉，卧倒是座山"，

观众喜欢《中国牛》

寓意中华民族的崛起和人民对实现中国梦的追求。牛的笔墨厚重沉雄，寓意深刻，充分体现了我的创作理念。

《中国牛》挂在展厅正中，顶天立地，具有强大的视觉冲击力。眼下的各种展览，制作太多，内涵空泛，吸引不了观众的眼球，更留不下多少印象，是浮躁时代的浮躁艺术。人们议论多，呼唤大写意回归，呼唤艺术灵魂的回归。我深知，以一人之作，是无法改变现状的，但我要用高标准要求自己。《中国牛》一经展出，好评多多。观众站到画前，纷纷合影留念。我站在远处，目睹这一切，心里感到欣慰。没有白费心血，我收到了应有的艺术效果。不知什么原因，"时代华章"先展，开幕要再过些日子。先睹为快，我心满意足地离开美术馆，乘出租车回家。

> 最后决定只能自己做。

2018年3月11日

范承玲来电，说孙阳院长已咨询过相关医学专家。

我的身体状况，可以手术。据他了解，张骞手术水平高，未失败过。术后，因人而异，大的后遗症也未发生过。他说，做不做手术，还得本人和家属自己来定。

专家的意见，咨询到头了。最后的决定，只能自己做。

主刀医生说，放疗效果也很好。决计回老家。琉璃厂拍画出画册。

2018年3月12日

预约北大第一医院张骞的专家号，挂到第五号。六时四十五分从家出发，李莹开车，两个女儿陪同前去。

不到九时就看上了。

张骞看了PET-CT图片，指着前列腺，说："这是好事，全身无扩散，周围也干干净净，但前列腺大，手术风险很高。先吃一个月药，三个月打一针，如前列腺缩小了，才能决定是否手术。不做切除手术，放疗效果也很好的。"

我感觉张大夫对手术有点往后缩。因为，从他口里我头一次听到"放疗效果也很好的"。一般主刀大夫是不说这种话的。

我打头一针是3月6日,到6月6日才打第二针。

该干吗还是干吗去吧!我决定四月中旬先回趟朝思暮想的老家再说。

下午,我把挑拣出来的五十幅小品送琉璃厂拍片。

我的学生刘青云在琉璃厂开了一家专门拍画的工作室。拍片前,要将画压平整。这事儿,交给高红悦办。红悦立马打电话,安排任务。

我又偷闲坐下来品茶聊天。

红悦问:"拍那么多照片,是不是又要出画册了?"真是一猜一个准。

中国文联出版社邀请我出一本《高等美术院校教学范本》,我已答允了,可用三十来幅。他们明日来家取片子。

这一年的新作,红悦都过了目。她喜欢其中不少幅,极力主张出一本画册,以供藏家观赏。

只要做客漫斋,总要碰到几个新老朋友。来一个,红悦就介绍一个。品茶,闲聊,高兴了就挥毫写几个字,涂几笔画。我的朋友圈、微信圈,在这儿日益扩大。有朋友就不孤独,有交流就长知识。

美术馆开幕式。老友欢聚。《中国牛》成为留影热点。

2018 年 3 月 15 日

中国画学会学术展"时代华章"正式开幕。三百多幅作品，占据了美术馆一楼所有展厅，名家大家云集，这是国画界一次大聚会。开幕式是隆重的，我避开热闹场面，走马灯似的一个展厅一个展厅观赏。见到了画界许多朋友、熟人，刘勃舒、龙瑞、刘大为、孙克、刘国辉、王西京、郭怡孮、李宝林、谢志高、王涛、贾浩义……在我的印象中，贾浩义健壮如马，特别有精神，但今日见他，像变了个人似的，坐在园厅的椅子上，瘦弱、病态，站立起来都很费劲。刘勃舒原来也像一匹骏马，但眼下已不得不坐轮椅……人生苦短啊！生龙活虎似的徐希，大洋此岸彼岸不停地奔跑，拍卖场上已成宠儿，但也走了，七十四岁就走了。他生前跟我说，要把他的徐家山水变成油画，积累了多少本资料，要写画坛回忆录。人一走，一切美好的计划全泡汤了。渐渐地，人们就把他淡忘了。今日见他的多位好友，我想起他，从内心发出一声长长的悲叹。忙忙碌碌，为艺术，为名利，到头来一场空。

开幕式正在进行，在这种场合我从不往名家和领导中间拥挤，但我好奇，拿着手机挤进围观者，想拍几张照片存念。谁知，坐在头排的中国艺术研究院院长连辑眼尖，瞧见我了，直向我招手，叫我过去。我躲了，但连辑挤出人群，找到了我，拉我到前排坐在他身边。龙瑞悄声问我："你跟连辑熟呀？"我点点头说："老熟人。"我退休后，曾担任全国市长书画院院长，连辑书艺高，是这家书画院的顾问。多年来，我们在一起玩字画。坐后一些排的都是大名家，我禁不住回头拍照。大为正在讲话，对我的举动，孙克有些不悦，直说："大为在讲话呢！……"连辑为我开脱，说："记者习惯。"我觉得老朋友孙克也对，哪有坐在头排领导位置的人，还举着手机拍照的，但连辑更通人情，我更赞赏。

范承玲、焦林芳陪我观展,为我留下不少有价值的照片。我与一位七八岁的小女孩在《中国牛》前合影,与南普陀寺方丈、中国美术馆副馆长、中放艺起董事长一一合影留念。中放艺起董事长黄茜,一身红,模特身段。她喜欢我的牛画,专门让她们的记者采访了我,她还约我做个专访。

范承玲(左一)、焦林芳(左三)喜欢《中国牛》,在中国美术馆留影

在中国美术馆遇老朋友王涛（左一）、郭怡孮（左二）

中午，我们去花市国瑞城找了个餐馆，又把老朋友方玲约了过来，三女一男，聊天品美食。其实"三女"皆为我的老部属，范承玲、焦林芳和方玲都在《中国体育报·星期刊》当过编辑。

我们聊得来，便时不时相约聚会。身边没有人时，范承玲悄声对我说："还像过去一样玩呀！"只有她知道我的病况。我叮嘱再三："保密。"因为，我不想给朋友带来忧伤，我愿意像往昔一样，给她们带去欢乐。

人总有一死，有生便有死。正因为人生苦短，就应乐观每一天，充实每一天。此时会萌生今朝有酒今朝醉的感慨。

公溪岩下我的家

> 最想回老家。最流连忘返琉璃厂、荣宝斋往事。

2018年3月16日

离6月6日打第二针,还有两个多月。我决计回老家一趟。夫人不同意,但我说,回一趟少一趟了。老泡医院,气场不利健康,我得回故里山村换换空气。

躺在病床上,我最想的就是回老家,回那生我养我的小山村——两头门。那儿有儿时的玩伴,有公婆岩山,有方岩山,有长满草花的田野,有我晚年的创作园地——五峰山居,有一批志同道合的文友和画友。回归故里,见人见物生情,有写不完的故事,有画不完的花鸟山水,有喝不够的

我的故乡两头门村

酒，有聊不完的天。好心态、好心情，会占满我的心胸；好心态、好心情，是治疗疾病的良方妙药。在故乡，置身满山遍野的树林花丛中，闻着泥土的芬芳，沉浸在浓浓的乡情友情之中，我会忘掉一切。疾病缠不了我的身，我会每时每刻都沉浸在欢乐中。人生中最不会改变的是父母情、家乡情。我有一位旅居台北的画家乡友，叫施志刚，张大千的入室弟子。病危抢救过来，他说的头一句话是"我要回家……"不是回台北的家，而是回永康老家。他已两年未动笔画画，说自己已不会画画了，但在老家遇见我和沈老虎（沈高仁），却参与了以笔会友活动。走得再远，离故乡再久，也忘不了老家。我亦如此。

夫人曾陪我在故里生活过，了解我这个农家子弟的脾性。她怕我累，不想让我回去，但她深知无法阻止我回去。

离京前，我去琉璃厂逛了大半天。

因为爱艺术，爱丹青，20世纪60年代初，我一到北京工作，就迫不及待地奔这条老街琉璃厂而去。在上海读书、工作时，我最爱去的地方是福州路。那儿有书，新书和老书。我口袋里没什么钱，但逛书店的瘾却很大。有一次，买了书，口袋空了，连坐车回学校的钱都没了。我只好捧着沉重的书，一步一步走回学校。走了一个多钟头，但心甘情愿。书，是我的情人，为"她"吃什么苦都乐意。眼下书太多了，家里堆放如山，我已给家乡图书馆捐赠八千多本。书，自己读了，应该让别人再读，它们是人类的共同精神财富。爱上丹青之后，我又购买各种画册。画册厚重、沉。我每次逛琉璃厂和潘家园，都带回沉重的画册。当然，最有诱惑力的是到画廊看原作，那才叫过瘾呢！我刚到北京那些年，李可染、李苦禅的画，一幅三平方尺的，也就二十多元。齐白石的五六十元。看得真陶醉啊！但不敢出手买。工资才56元，上有老下有小，不敢拿那点养家糊口的钱去买画。琉璃厂的画廊，尤其是百年老店荣宝斋，就成为我这个字画爱好者最流连忘返的地方。

西街往里走一二百米，就是荣宝斋，大门上方挂着郭沫若手书的牌匾。从上海调到北京工作后，我便是这家老店的常客，一个只看不买的看客。它的几任经理，从米景阳到王鸿勋、雷振方、郜宗远、马五一，我都有或深或浅的交往。没想到，到了1997年，我的画也被挂进了这家书画老店。时任副总经理的米景阳找我："把你的红烛挂到我们店里来吧！"我说："我不是画家，不敢往你们店堂挂。"大米用激将法激我："全国哪位名家不想将字画挂进我们店堂呀，挤都挤不进来。我这么请你，你都不给面子，真想不通。"话说到这个份上，我还能说什么呢？我说："只挂不卖行吗？"我说的是心里话。我是一家大报的社长、总编辑，堂堂一个正司级干部，私下卖画，影响不好。脑子里远没有正确的市场观。大米笑笑："挂出去，得标个价。标高了，有价无市；标低了，有失你的身份……"又说，"四平方尺斗方，标3800元吧。"没想到，我的红烛画挂出去不到一周就走掉了，不长时间内，走了三幅。画价呢，走一幅涨几百。走得不多，但不断有走的。题材呢，花、鸟、牛，还有几幅计黑为白的创新之作。荣宝斋展售的大都是名家的传统水墨作品，奇怪的是我的这些另类画作也受欢迎。买主有国内的藏家，也有国外的藏家。从1997年到2012年，荣宝斋没有断过我的画。我记得，最后一幅出售的是一幅三平方尺的牛。十年磨一剑，年年有画挂进去，年年有画走掉。这个现象，引起了画界的好奇和羡慕。中国国家画院的画家也来求我帮忙。有一回，中央电视台主持人董浩在琉璃厂西街与我邂逅，我们一道上荣宝斋二楼看画。他看到我的一幅牛画，说："我这一生最大的愿望，就是有朝一日也能将我的画挂到这里……"我在画界的影响，我的书画市场，绝对跟荣宝斋销售我的书画有关。那些年，我耳边常响起，"我在荣宝斋看见你的画了……"对这家百年老店，使我的书画从自画自娱走向市场的老店，我常怀感恩之情。

我老家在浙江金华，我从工作岗位退休之后，常客居义乌。义乌大酒店老总朱友土酷爱书画，我在那儿与许多书画家相聚过，有杨仁恺、范曾、刘大为、吴山明、王涛、张松、张立辰、古干、张桂铭、陈家泠、陈琪、吴奇峰、吴迅等。义乌是闻名世界的小商品市场，让人期待的是书画大市场。我先后跟荣宝斋的王鸿勋、胡鹏讲述过我在义乌的所见所闻，鼓动百年老店到那儿办展览售书画。他们听取了，先后两度将老店开到义乌去，而且收效都不错。也许是为了酬谢我，他们在荣宝斋的精品画廊为我举办了"鲁光画展"。开幕那天，荣宝斋正开党委会。郜宗远带领领导班子先来观展，他对领导们说："先去看鲁光画展……"尽管我饱经风霜，已能宠辱不惊，但这件事还是让我深深感动。店主走马灯似的不断更换，2012年之后，我已不再送画，但结缘已太深。每次来琉璃厂，有事没事都会进店转一转。路过门口，也总会抬头瞧一眼那熟悉的牌匾。

　　本想过天桥去东街走走，那条不长的街上，有我晚年的许多难忘印记。在茹古斋结识草根画家风竹子，他引我去珍雅阁品茶，结识了苏振亚和刘剑影夫妇。刘剑影后来成了我的入室弟子。在那儿，还结识了七八位草根画家，我被他们漂泊京城的事迹感动，萌发了为他们搭个艺术交流平台的念头，中国琉璃厂画院应运而生。当我请沈鹏先生题写"中国琉璃厂画院"时，沈先生非常慎重地发问："能换个名字吗？"我问："为什么要换名字？"沈先生说："琉璃厂名声不好，你应该知道吧！"我笑答："请问沈先生，眼下哪儿的名声好？假字画哪儿都是。我是为漂泊京城的草根画家搭个交流平台。"沈先生被我说服了。我用真情维护了琉璃厂的声誉。遗憾的是，珍雅阁一而再再而三搬迁，如今已名存实亡。小苏、小刘已搬回宅中，我在东街已无落脚之处。本来，前些年在东街还有一家"李世南艺术馆"，李世南是我的好友。他女儿说："鲁光叔叔，这个艺术馆是我自己开的。"艺术馆布局高雅，常有世南新作，是我最喜欢去坐坐的地方。这是一家高品位的个人画廊，极有魅力。不久前，也关张了。也许，跟眼下的书画市场冷清有关。这两年，西街成了我常逛的老街。宏宝堂的老总淳一，是我老友庄则栋的朋友。庄去世前夕，淳一安排范曾赶到医院为庄画了一幅速写。宏宝堂年年春节办迎春名家书画展，每年还有一次名家扇画展。近几年，每次都邀请我参展，我跟店里的几位店员也成了老熟人。逛西街时，路过就进去逛逛。宏宝堂斜对过有一家私人美术馆叫泰文楼。去年，我率领众弟子在那里办了一次"南北草根醉丹青"画展，引起京城一时热闹。

往西，荣宝斋书法馆，原来是云峰书局，我女婿的一个朋友租下开了一家画廊。我策划过"京城三老指墨画展""杨守春书法展""何锦龙书法展"，印象殊深，记忆美好，难以磨灭。

再往西是中国书店画廊大楼，一楼原来是兰海图画廊。我和老何、老邢，还有理勤功、余魁军，在那里办过"京城五老画展"。店主已易人，原来的店主孙婕女士已回家安享人生之乐。对门是八达居，我常进店观赏，买过它不少画框。有些样式，我喜欢。再往里是田野的大瀚画廊、迟先生的阳德轩。二楼就是我近年来最爱去的漫斋。

店主高红悦不知道我的病情,我也不忍心告诉她,更不愿让充满文化气息的店堂弥漫不祥之气,但我要远行回故乡,得告知她。

"我要回老家一个多月,来告辞的。"我说。

"又该出精品了,"红悦高兴地说,"回来就到漫斋品茶聊天。"

一早出来,乘出租车回家。

> 忆范曾南行。米景阳送画。范曾说，我不是狂傲，我是率真。人生别为名利所累。

2018年4月17日

　　收拾行装，明天就要启程回故乡。打算早点休息，但怎么也睡不着。

　　昨晚从琉璃厂回家后，心情一直不平静，脑子里还老闪现百年老店发生的那些往事。2000年夏月，荣宝斋副总米景阳随范曾夫妇南行来我故里的那段往事，今日回想起来，依然是鲜活难忘的。

　　1999年，黄宾虹艺术馆落成，我应邀出席了盛大的落成典礼。这个艺术馆是在葛凤兰、赵杰、王志忠等几位金华的文化老人参与下创建起来的。黄宾虹出生在金华,十六岁才离开。三位文化老人想树立黄宾虹这面大旗,搞文化。新建成的馆里并没有多少黄宾虹的作品收藏。我与馆长葛凤兰坐在婺江边的小桌上,喝着小酒闲聊天。我说:"艺术馆没有活动,就会名存实亡。得多办画展,收藏当代名家书画,丰富馆藏。三五年之后,你们就了不起了。"老葛说:"鲁老师,能把范曾请过来吗?"老葛当过金华市文化局局长,他有一个儿子是当地一家大企业的老板,有雄厚的资金。艺术馆就是在他儿子支持下建成的,有收藏实力。

"试试吧,我回北京找他聊聊,争取把他请过来。"我说。

其时,范曾从法国回来不久,正处在低谷中。

我见范曾,说:"范兄,你为我山居的题字'五峰山居',已刻石陈放在山居大门口,石匠手艺好,字不走样,你去看看。顺便,在金华黄宾虹艺术馆搞个画展,可叫范曾作品展示会。作品全部由艺术馆收藏,价位你定。"

"好,你鲁光兄邀请,我去。"其时,几乎无人邀请他,或不敢邀请他,我这一请,他很乐意。

"我请几位影视明星跟我去⋯⋯"范曾说。

"明星们是大众情人,你只是书画界的大众情人⋯⋯"

我的言外之意，风头会被明星们夺走。

范曾一听，改变了主意，随行者改为大米和徐斗。

范曾当年出走法国，曾惊动全国。我的一位朋友正出版一本书，里面有一篇《作家鲁光与画家范曾》。那位朋友来电话，征询意见："是否把这篇文章撤掉？"我问原因，朋友说："怕影响到你。"我一笑，说："不用撤，那是历史。"

大米作为荣宝斋店堂掌门人，也没撤范曾的作品，画照卖。范曾对此是感激的。

百年老店为范曾搭建平台，范曾为百年老店创收，这种画店与画家的合作，是让人羡慕的。

每次进荣宝斋大门，迎面的那幅大画，几乎都出自范曾之手。不管社会上对范曾有什么传言、评说，荣宝斋店堂里依然可见范曾的作品。

我与范曾交往已有年头儿。我写过他一些文章，如收入《近墨者黑》一书的《我所认识的范曾》，都是写得很平实的。本来，我打算将范曾出走时的《辞国声明》和回归的《回国声明》的手迹收入书中。征求他意见时，他说："事情都过去了，不收为好。"我说，我的朋友和三联书店的编辑都认为收进去更好。我劝他："范曾兄，你一生狂傲清高，没有自我批评，至少在《回国声明》中还作了点自我批评。有自

方岩山上留影。左起：陈为民、范曾、李世扬、鲁光

我批评比没有自我批评好。"但他执意不愿收入，我也不强其所难，撤下了这两个声明的手迹。他在香港办画展时，找我写文章，准备在香港报纸上发表。范曾叮嘱我："用真名，鲁光的真名发表。"我明白他的意思。文成后，范曾未交港报发表，可能是对文中写到他的狂傲问题有异议。后来，我出书

欲收入此文，我说："如你不赞同，我就不收入集子了。"范曾说："鲁光兄，你送来我再看看。"他仔细看完全文后，说："很好，我只字不改。"我笑道："范曾兄，有进步！"

在那次金华行时，范曾想上电视。电视台鉴于上头有规定，不敢贸然行事，就说："鲁光与你一起上，我们就上。"

自从回国后，范曾未曾在电视上露面。我急朋友之所需，欣然同他一起上荧幕。我说："舍命陪君子。"

范曾叮嘱我："你说说我的艺术，我说说你的书画。不说我的狂傲，行不行？"

我说："行！"

但采访快结束时，女主持人突然提出："范曾先生，外界都说你很狂傲的……"

范曾改变了主意，慨然说："好吧，谈谈狂傲问题……"他问我："鲁光兄，你认为狂傲吗？"

"你是大狂大傲……"我实话实说。我还举了个例子。

"你也这么认为？"他有些吃惊，然后以商量的口吻说，"说我率真行吗？我这个人太率真了。"他也举了不少事例。

后来，我采纳了他的说法，在《我所认识的范曾》一文中写道，"不狂不傲不率真，中国就没有范曾。"我主张，对画家不必求全责备。我想起李苦禅大师有一回对我说："人们都说范曾傲，画画的有点傲好。"此话，我曾面告范曾。范曾当时说："老师的话说得好，你有机会把它写到文章里去。"

那次金华行，大米带去两幅画。

"大米带了画，送送人。"范曾对我说。话音未落，他又加了一句："给点报酬！"

"多少？"我问。

"两万吧！"范曾说。

我依照范曾所言，将大米的两幅画送给了黄宾虹艺术馆，依范曾所示，给了大米报酬。

送画前，范曾将大米的两幅画拿过去，在每幅画的空白处题写了一些字。他一边写，一边说："我来补补，人家更乐意收藏。"

仗义，亦有童趣。

大米送了我一本画集，我对其中一幅双鹅图感兴趣。大米的鹅是俯首交欢的，我意仿了一幅，将两只鹅的脖子向上伸，伸得老长老长的。范曾见了立马题字。我说是仿大米的。范曾说："这叫高仿了，大米看不出仿。"说完，哈哈大笑。

有些年，范曾每年都在荣宝斋办个展，作品被订购一空。有一回，马五一对我说："明天就带全体职工去海南度假……"言外之意，范曾已把荣宝斋职工全年的生存费赚出来了。不知何故，有几年，这个展览办到别处去了，前年又办回荣宝斋。范曾的签名画册，头天夜里就被排队抢购，购买热情依旧高涨。范曾还作了演讲，荣宝斋的朋友好心安排我与他见个面，但我有事去晚了。我在会场后排找了个座儿，听他老兄在台上侃侃而谈。学识口才依旧，皆佳。听着听着，我的思绪就开小差了，我已记不清他说些什么。但我从范曾的人生起伏，开始思索一个问题。范曾有大名，也有大利，但名利给他带来什么呢？无疑，他已为名利所累。有一回，我办了一个展览，说好作品展出后退还，但范曾不收，反而把画赠送给我。我调侃："一百多万，你不要了？"他诚恳地说："别人不了解，你还不知道？钱对我来说，已经不是一件愉快的事。"

看来，为名利所累的事，是自愿或不自愿都会沾身的。

天下民以食为先，够吃够喝，就知足。

我虽然没有大名，更无大利，但也告诫自己，千万别为名利所累。特别是到了人生晚年，更应悟透名利，淡泊名利，知足快乐地过好每一天。

自由人。半壁江山茶聚。我的书画专卖店。童话书屋。伴仙溪。新老书记做客山居。为农民学生录诗。花香满屋。老凉亭——我的乡愁梦。

2018年4月18日—5月24日

  等待6月6日复诊,有一个半月空当儿。我暗暗高兴,不影响我今年春秋两次回故里的计划。当然,这次回故里的心态与往年回故里不同。我一直在考虑,这一个多月的宝贵时间,我应做些什么?一,与想见的朋友聚一聚。二,在绘画上再作点突破。计黑为白,搞了二十多年。这类作品已受到画界的关注,受到行家的肯定,受到观众的喜爱,受到收藏家们的青睐,但画得太少,还可以更深入地探索。这次,我要花些时间探索新技法,创作一批计黑为白的新作品。

三，人生总要有取有舍。今后回故里的时间会越来越少，对我晚年的创作基地五峰山居的使用，应作出安排。

到了医院，我是病人。离开医院，我就是自由人，爱干吗干吗，把病痛忘到脑后。

4月18日上午九时半乘坐高铁去金华，行车六个半钟头，下榻国贸大酒店。在这座江南小城里，有我太多的朋友，每回到金华，我都要与他们欢聚。最早结交的老友葛凤兰、赵杰，是黄宾虹艺术馆的创始人，我们一起做过一些文化方面的事。前些年，他们先后走了。每次来金华，见不到他们都有失落感。金华市委原副书记马际堂，是我在中央党校的校友，也是酒友，也走了。眼下，半壁江山茶馆是我与金华朋友们相聚的地方。茶馆老板鲍总是兰溪人，经营有道，把一家茶馆布置得很有品位。我应他之请，题写过"素膳房"匾额，为最大的一间茶屋顶棚画过大写意荷花，为茶室题写过"品茶品人生"的条幅。只要我到金华，鲍总就热情邀请："到我这里聚聚吧！把朋友都叫来，吃个素餐。"常聚的朋友有大家艺苑甘珉郡，金华电视台徐家麟、倪立、何汭樑，浙师大杨尔，金华晚报童飚，八达公司张剑平，金华日报王志忠、苗青。画家朱介堂、胡晋庚，还有杨勤溶、胡银生夫妇，也常光临。杨守春、杜世禄、徐跃进、曹敏等政界、企业界、画界老友，或另聚，有时也来半壁江山茶聚。素餐后，喝茶聊天。这间最大的茶室可接待十二三人。吊顶是我手绘的泼彩荷花，透过灯光，有一种神奇的装饰效果。参聚最积极的徐家麟病了，他说："太想聚了，但身体不好，过些日子再聚吧！"以往相聚，他还帮忙招呼别的朋友，自己总是最早抵达。谁也没有料到，几天之后，他就病逝。我发微信哀悼，"家麟是一位有才华的诗人。他的去世，使金华失去了一位真正的文人……"他走得太早了，才七十多岁就去了天堂。这些年，不断得知好友去世的消息。我的画界好友沈高仁、徐希都是七十多岁走的，我的文友胡国均、忘年交高莽走了，我的好友、登山家王富洲走了，世界冠军庄则栋七十二岁就被癌症夺走了强壮的生命……人生太短暂了，能聚抓紧聚，聚一次少一次啊！死亡已不遥远，看得见八宝山了。想到此，就更珍惜眼下的每分每秒。

金华有一家叫大家艺苑的画廊，画廊经理甘珉郡，原来在黄宾虹艺术馆工作。2003年，才张罗开画廊，她找我帮忙。我劝她别开画廊，字画生意水太深，不好做，冷板凳一坐就是几年，但她执意要开。我请中国画研究院院长刘勃舒和著名画家崔子范为她题写了"大家艺苑"的店名。她没有太多的资金，又求我找名家们要货源，先卖后结账。这些

为半壁江山茶馆画的装饰画

年,书画市场冷清,名家字画销售困难。名家要的价,市场无法承受,生意没法做。她提出把画廊办成我的专卖店,我的画价相对不那么高,但要打开市场也不易。我同意她专卖,但告诫她:"恐怕生意也难做。"她说:"我喜欢开画廊,成天置身艺术中,心情舒畅。"我调侃道:"只要你不怕饿肚子,你就坚持开好了。"我向众人保密病情,但不能瞒着她,我得告诉她实情,看看画廊还办不办下去。她将得知我的病情后的真实感觉告诉我:"听到这个消息,我心里很难受,但画廊我要办下去,我喜欢你的画,我要让更多的人喜欢你的画,珍藏你的画……"

在大家艺苑门前留影

画廊经理甘珉郡（左一）陪同顾客看画

2018 鲁光日记　81

当她见我像往常一样强壮，心里释然了，说："老师不会有事的，我放心了。我每天到画廊，置身老师的艺术之中，会会朋友，练练画，日子过得很充实。如今，我已有养老金，吃饭是不成问题的。画廊不能关掉，关掉会掉魂，希望你一如既往支持我……"

碰上这么执着的实在人，我亦欣然。大家艺苑，会有生命力。我高兴地说："我心释然了。饿肚子时，找我好了。"

她笑笑，说："只要你支持把专卖店开下去，我就知足了。"

其实，是两利的事。我的画在故里，喜欢的人多；她呢，偶尔走一幅就不愁衣食。

应女作家汤汤之邀，我去武义参加童话创作颁奖活动。汤汤，一位小学老师，因写童话出名，已是浙江省作协副主席。2012年冬，我在中国现代文学馆举办个展时，她正在鲁迅文学院进修，到展厅细细观看过我的一百多幅画作。她为人朴实，记得前些年我们去武义游玩时，她和时任武义作协副主席的王小玲招待我们。小玲好酒，我当年酒量也还可以，汤汤很真诚地与我们喝酒。小玲酒后兴奋地唱戏，汤汤已不胜酒力，满脸通红，趴在餐桌上。她在童话世界中神思飞扬，独往独来，在现实中却如此实在真诚。也许，这一顿酒，使我们结下了友谊。只要她请，我都响应之。已连续三年，每逢四月，我都赴会，参加这个在璟园举办的春天聚会。我为她写"童话书屋"的牌匾，黑底金字，挂在古民居的大厅上。我还给武义的领导提议，打好汤汤这张童话牌，发展武义的旅游文化。我又应武义县委书记之请，书写了"童话武义"四个大字，在今年聚会时赠送给武义。多做点公益事业，是我晚年的一个理念。武义县统战部部长张勤和王小玲陪我们走访了一个小山村——平头村。同行的有金华日报的苗青夫妇、大家艺苑甘珉郡，以及李莹、李世平等人。这是一个真正的小山村。村边有一条清澈见底的大溪，流水哗哗。村里还有清清的小溪流，景色古朴迷人。我们在一家民宿餐厅用过便餐，在宽大的凉台品茶观景。湍急的溪流唱着深情的歌，从我们脚下流过。大家亦轮流唱歌，心情放飞，陶醉在大自然中。

"这条溪叫什么溪？"我问村主任。

村主任说："没有名字，我们就叫大溪。"

"给起个名字！"同行者和村主任都将我的军。

为山溪起名，可不是一件容易的事。我问村主任，这条大溪有什么传说和典故。

"童话书屋"已名声在外，与儿童文学作家汤汤合影

"山上有神仙下棋的传说……"村主任说。

我灵机一动，随口而出："叫伴仙溪如何？"

大伙说："伴仙溪，多美呀！就它了。"

溪中有一巨石，溪水冲击它，翻越它。那是题刻溪名的好地方。

过了些日子，村主任到我山居求字，我题了"伴仙溪"三个字。

游山玩水，愉悦心情。为野溪起名题字，给山村增添一点文化气息，亦是一大乐事。不虚此行，我很欣慰。

回到故里山居，是一个星期之后了。我夫人在电话中嗔怪道："你呀，东转西转，没有十天半月转不到家。"

回到五峰山居，也不安宁。访客不断，公事私事，接踵而至，虽然从早忙到晚，但心里舒畅。

我的卧室在二楼，早上打开窗帘，便是满屋阳光，公婆岩山就在窗外。山塘埠头上，已有女人在捣衣。啪啪的捣衣声与山鸟的啼鸣声，汇成了一支动听的晨曲。高达二楼的翠竹，在晨风中摇动，赋予山中早晨绿色的生命。早上九十点钟之前，山居是安静的，静到只有山溪流水声、鸟鸣声，还有蛙声。

回到五峰山居的喜悦

上午这三四个钟头，是我的黄金时段。夫人老叮嘱我早晨到庭院里走走，练练身，可我养不成这个好习惯，到了画室就开灯，铺纸着墨。画画就像做气功，是一种全身运动。夫人不以为然，责怪我："养不成好习惯。"偶尔，我打开大门，到庭院走走。山中的空气是真新鲜，吸一口，清甜清甜的。院里有山溪流过，溪边是山塘，水雾缭绕，山林苍郁。大门口的古樟覆盖了小半个院落。有一年秋天，我看到上百只像八哥一样的鸟在院子里觅食撒欢。那一幕，让我永远铭记，就那么一次，往后再也未见这个情景。有一种梦幻之感，但是我看得清清楚楚的，不是梦境，是现实。我向村里的老人打听，他们告诉我，那些鸟叫什么名字，像八哥，但不是八哥。

山居的庭院里散放着二十来块大石头，这些石头，都是朋友们从山溪中挑选出来送我的。我从师友们送我的墨宝中选出精彩词句，请老石匠刻写到溪石上。溪石错落有致地散放庭院中。边走，可以边观赏溪石和溪石上的书法，有浓浓的文化氛围。

也许，这种山间的早晨，更会激活我的画思。我珍惜每个早晨，除了八点多钟吃个早餐，就一直在画室中铺纸挥毫。

五峰山居建于2000年，已有十八九年历史。有一年时间，我全身心投入山居的设计、建筑材料的采购、监工……夫人打电话关心我："大夏天的，累不累呀？"我说："我是把山居作为一件艺术品来打造的，乐趣无穷。"山居是我晚年的创作基地，文学和绘画的创作基地。一个个画展，一本本新书，都源于这个山居。此时，只有此时，我才真正明白崔子范老师在我退休时的叮嘱："找个地方，为退休后的生活作准备。"我千里迢迢回故里，回公婆岩山中，是回对了。童年最难忘，故乡最相思。回故乡，我的生命才能放射出更多的热和光。

在石头村速写

这些年，我的年纪大了，家人不放心我一个人外出。小女婿李莹年年跟我回来，照料我的生活起居。金华郊区的农民李世平，每次我回故里，便从金华赶过来照料我，与我朝夕相处。山居刚落成时，我才六十多岁，精力旺盛，可以一个人在山居独处。甘珉郡和于宝森,是黄宾虹艺术馆的同事,都喜欢我的书画艺术。甘珉郡创办了大家艺苑画廊,老于常去帮忙,他们常结伴到山居找我,陪伴我。外地画家常来山居走访我,他们正好有个结交名家的机会。后来老于家事多,来不了,小甘就与李世平商量。李世平酷爱书画,从看我的展览到买我的画,逐渐成了我的绘画粉丝。小甘提议世平到山居陪我,在山居有世平做伴,家人也就放心了。近些年,李莹驾车从京城来山居,就更有伴了。

世平来山居,一陪就是一两个月。我一年春秋两次回山居,世平都过来陪伴。我给他钱,他不收。我心不安,给他画一本册页,每年画一两幅,今年画完了十幅送他,他收下了。他说:"太珍贵了,我会好好珍藏。"

这位农民朋友,爱好字画。我刚结识他时,他说:"我有一个儿子正上学,我已将上大学的费用都留好了。再有点钱,我收藏字画,给儿子留点文化。"这句话,出自一个文化程度不高的农民之口,让我感动。为儿子留文化,而不是给儿子留财产,这个农民有远见。凭这句话,我看重他。

相处久了,我发现李世平不仅喜欢书画,而且会写诗、写对联,还会鉴定一些明清小文物。后来,还知道他会写告状信,帮好几个朋友写诉状,打赢了官司。陪住山居,常看我作画，也偷闲画了起来。我睡午觉，他不睡，一个中午，他画了好多只虾……

前几年，我萌生了一个念头，帮他一把，给他以文化谋生打个底。我想用我的左书将他的诗写下来，出本诗集，以我之力，助他一把。我不精律诗，我想起了我的华东师大老师施雅西。2017年冬天，我将世平的三十余首诗寄给她。施老师花了一个星期时间读了世平的诗稿。她给我来信说，一个农民能写这样的诗，了不起，也指出不足。我收到施老师的回信后，先压着，因为我正处于绝症的折磨中。这次回故里，头一件事就是抄录世平诗作。

为李世平抄诗

世平为我铺纸，以为我要画画。我说："世平，你裁纸，一裁八，每张纸一平方尺，我要左书抄录你的诗。"世平很激动，有些不知所措。我说："两年前我就有这个打算，只是我不通古诗，如今我的老师审读过了，我用心抄录就可以了。这次进山，第一件事就是为你抄诗。"

一连四天，我只干一件事，抄录世平的十八首诗，还为他的书起了名"草根之歌"，画了封面画《牧牛图》。随即联系了印刷公司，让他回金华去落实。

抄录的诗稿

抄录的诗稿，挂了满满一墙。鲁光艺术馆画多，书法少，永康博物馆的领导曾提议我再捐些书法作品。我想将这些诗稿捐给他们。世平不明说，但有收藏之意。我说："全归你收藏吧！"世平感动，说："我先珍藏，此后，我再捐给他们。"

了却一桩心愿，我欣慰。当然，世平不知我的病情，更不知一个已患绝症者的心态。

姚国霞带一拨闺蜜来山居，每次都手捧鲜花，一进画室，找各种瓶罐，倒上水，又剪又插花。五六瓶散发着香气的鲜花，一字儿摆放在硕大的画案一侧，画室顿时香气四溢，充满生机。她们走后，我闻着花香，开始画花。绣球、康乃馨、百合、向日葵、勿忘我、满天星……我以计黑为白的技法画花，形似更神似，泼彩泼墨，浓墨重彩，具象更抽象。盛花的瓶瓶罐罐，有的是从集市上淘来的，有的是从山村农家收来的，有的是路边捡来的，还有的是从古窑址废墟里挑来的，造型各异，歪的正的凸的凹的无所不有。有一个泥陶茶壶，是从山区农家门前捡来的，灰黑色，沾满泥巴。世平拿到塘里清洗时，壶底已发酥了，一见水，底就碎开了。他说："没用了。"我急忙说："没底没事，留着画画时找感觉。"学生徐美儿来了，一眼看中这把无底茶壶。从花瓶里拿出一朵花，插到泥壶嘴中，顿时老壶有了生气。我们即兴涂抹画了下来。一幅新鲜的艺术品《泥壶出新彩》诞生了。

春天的山野开满了各色各样的野花，红的、黄的、白的、紫的，一丛丛一簇簇，我们随意采摘，画室里鲜花不断。农家庭院里，桃花、杏花、梨花争艳。鸡冠花，紫红的、鲜红的、深黄的，好不招人喜欢。画不尽的花，变着样画，写实的、写意的。我有意多画计黑为白的花，尤其是红色的山花，挂满了一墙。来访者无不喜欢，赞不绝口。我暗自高兴，回一趟故里，总有一批创新之作问世。这种充盈着生命力的山花作品，只有在山居这种环境里才能诞生。离开山居亦能画，但味道要淡了许多。

每次回乡，总要和弟妹们小聚。或去大弟新济家，或去小弟新策家，边品酒边闲聊，回忆童年生活，回忆父母往事。我们弟兄仨都能喝酒，一瓶酒三人喝，往往还不够。喝点白酒，助谈兴，是一大乐事。

这次再聚山居，李莹好做菜，特意为我们做了下酒菜。

回家与乡友相聚

往年，先倒满三杯，头一杯必干，然后慢慢品，随意，能喝多少算多少。这回，我倒了一小杯，而且只喝一小口。两位弟弟颇感意外，看了我好半天。我只好说："医生不让我喝酒了，我意思意思，你们放开喝。"

饭后，我们到画室品茶聊天。三兄弟都好喝点酒，多好啊！我不能再喝酒，心里总不是滋味。犹豫了半天，我还是将我得癌的事告诉了他们。但我叮嘱他们："只你们知道就行，不告诉家人和外人。"

"我查过资料，前列腺癌没事的。"新济安抚我。新策也说："大哥身体好，没事的。"

说透了，我也释然了，对兄弟是无法隐瞒的。

市里的几位领导相约一起来山居看望我。永康市委书记

兄弟姐妹齐上阵完成一幅画。左起：小妹徐爱萍、大弟徐新济、鲁光、小弟徐新策、大妹徐爱斋

金政、市长朱志杰、宣传部部长吴婉珍、副市长卢轶一道来，热闹。我知道他们都很忙，到山居来看看我，是表达他们对文化和文化人的尊重。我们一起品茶聊天，写写字，品品画，让他们放松一下，我也将自己的一些打算跟他们说说。为家乡的文学艺术作点贡献，是我晚年的一个文化梦。

我说，我已八十多岁，以后回故里的次数越来越少，再过几年，也许就跑不动，不能回来了。山居已建成近二十年，是我晚年交友、创作之地，我的许多朋友都来过这里。体育界的庄则栋、邱钟惠、张彩珍、何振梁夫妇，外交部的驻外大使张九桓夫妇，画家范曾夫妇，以及张立辰、张桂铭、陈家泠、王涛、周韶华、古干、吴迅都先后做客山居，还有一些军界、企业界、政界的朋友也来访过。建这个山居，原本就有一个理念，为故里与我的各界朋友搭个桥，为家乡的经济文化发展出点力。二十年来的实践，证明这个愿望是可以实现的。前些年，我还与前任书记楼国华探讨过，引进十来位艺术名家，将公山这个小山村变成艺术村。我们永康经济发达，文化发展相对滞后，我想用我的余生，为发展永康的文化事业尽点微薄之力。遗憾的是，由于领导更替太快，创建文化村的美好愿望未能实现，但2015年在徐华水书记和金政市长的关心和支持下，鲁光艺术馆创建了。建个人艺术馆，在我的故乡永康是史无前例的。我有一个想法，将这座五峰山居无偿捐赠给政府，作为开展文化艺术活动的场所……

"鲁老师，你身体这么好，不急办这件事……"金政书记说。

我差一点将我已得癌症的事告诉他们。但我忍住了，何必给这些政界朋友添乱添愁呢！

聊到十来点钟，他们起身告辞，我们合影留念。自从我回故里山居居住，故里的历任领导，都来过山居，我们在一起写字品画，畅谈家乡建设，也聊我在京城的见闻。每次相聚，都留下愉快的回忆。

永康市领导徐华水（左一）和金政（左三）来山居看望

画室正墙上，是楼国华的手书"五峰山居"。从2000年建成山居，这四个字就一直高挂在画室。他为一些企业题写的字，他走后，也就摘下来了，领导更替带给人们的压力太大。我是文化人，我不管那么多，我不会摘掉，一直挂，永远挂。前几年，楼国华来过一回山居，见这几个字，说："写得还可以。"我说："写得好，苍劲有力，充满激情。"我说的是实话。题写这几个字时的那个夜晚，至今记忆犹新。

在徐小飞工厂的一间书房里，时任金华市委副书记马际堂、永康市委书记楼国华，还有永康文友，边品茶边闲聊。马际堂是我在中央党校学习时的校友，这位山东汉子好点酒，曾说："老乡见老乡，杯杯都喝光，感情深一步，小杯换成缸。"当时的文化局局长陈为民，宣传部副部长徐家方，还有好书画的企业家徐小飞等一拨乡友，都希望我多回老家住住，好与他们为伍。这正合我意，我已打算在老家盖个山居。楼国华是个性情中人，诙谐地说："延安有个鲁艺，我们也建个鲁艺（鲁光艺苑）。"我说："官称'鲁光艺苑'，我们民间还是叫'五峰山居'为好。"

马际堂说："国华，你题个字。"

楼国华好书法，常与永康的几位书法人士为伍。他是凭激情写字的，在大伙的一片鼓动声中，他挥毫写了"五峰山居"几个字。

"写得不怎么好。"马际堂在一边对我说。

"马书记，你说呀！我们不好说。"我说。

"国华，这几个字没写好。"马际堂说。

国华瞧了一眼这位领导，说："酒没喝好……"

我们又坐下来喝酒。喝够了酒，国华站起来，挥毫写字。酒兴加激情，一挥而就。掌声、叫好声响成一片。

前两年，作为省林业厅厅长，楼国华到丽水考察林业工作，顺道到山居看望我。望着"五峰山居"几个字，感叹："十多年过去了，这几个字还看得过去。"

我回忆了题字那晚的场景。国华说："今天再写。"

铺纸、倒墨，国华醮墨，用稠稠浓浓的墨，写了"五峰山居""孺子牛"两幅字。一瓶墨汁已用尽。

楼国华即兴挥毫,旁观者为李世平

我把徐加方的话转告给国华,"五峰山居留住了鲁大哥的身,鲁光艺术馆留住了鲁大哥的心。"

"楼书记,当年你批盖了这个山居。如果没有山居,我回来也就三五天,做客似的,画不了这么多画,与家乡的画友作不了这么多交流。从这个意义上讲,没有山居就不会有后来的鲁光艺术馆。"我头一回将这个想法告诉了这个已升任厅长的老书记。2015年5月,鲁光艺术馆开馆时,邀请了他。他二话不说,推掉一切事务,头一天就赶来永康。没有安排他发言,也没有安排他剪彩,他端坐大厅,兴致勃勃地目睹开馆的盛况。我心里过意不去,让他大老远跑来,只当一名观众。好在国华大度,说:"见证了就好。"

我不敢久留,必须在六月初赶回北京。要打第二针,要确定治疗方案。车离开山村，我依恋地望着窗外的景色。这些年，为整治名胜古迹方岩，市里决定将方岩景区的住户搬迁到我们村的边上。一个"赫灵小镇"正在我们两头门村的边上拔地而起。几十幢五层建筑，蔚为壮观。离村二三百米，靠右手边，就是与小镇隔一条公路的田野里，有一个已半倒塌的凉亭，那是我们小时候上方岩拜胡公必经的凉亭。石柱、土砖、半圆门，古朴雅致。亭里有茶水供应，茶水是附近村民提供的，用眼下的话说，是"公益茶"。路过此亭者，都会进亭休息。坐在长条石凳上，大口喝着冷茶，那绝对是一种享受。前些年回乡，我发现亭子已倒塌，但还有几根石柱和半壁砖墙耸立着。怕它消失，我拍下了这座残迹斑驳的老凉亭。即使实物消失了，但它还会留在我的手机里，留在我的脑海里。我向村里、市里建议，修复这座老亭子。许多乡人都说，这是一座牵动着永康游子浓浓乡愁的老亭。路一旁是赫灵新镇，路的另一旁是一座有故事的老凉亭，多么美好的一道风景啊！市里、乡里都很重视我的提议，一直在行动，但由于亭子的归属及设计方案等方面的原因，一直未能落实重建工作。这次回乡，市文化局局长说，经过协调，落实了。经费落实了，复建的村落实了。

　　保存一个乡村的小凉亭，怎么就这么困难啊！我想起了我的作家朋友冯骥才，他把许多精力都花在保护文化遗产上。每回见面，他都感叹遇到的种种困难。

小凉亭不重建，我的心就不踏实。一个乡愁梦未圆啊！

不怕癌，不怕死，是一种人生态度，但得了癌，还得重视。庄则栋就是误诊了，头一年检查，误认为是痔疮，一年后才发现是直肠癌。晚了，癌细胞已扩散到全身。回北京后我得抓紧时间去医院商量如何治疗，这叫"战略上蔑视，战术上重视"。光高喊我不怕，那不叫胆大，而是心虚，是虚张声势。奇怪的是人们见到我，都夸我："你身体真好，气色比去年还好。"我只好说："纸老虎，纸老虎。"自己对自己心里最有数。

故乡的老凉亭

> 对"动刀子"发生动摇。

2018年5月27日

  回了一趟老家,我对手术根治方案的信心发生了动摇。手术之后,万一留下后遗症,晚年生活质量就会很差。

  本来离京前已倾向手术根治。看过张骞门诊之后,对这位主刀大夫印象颇深。北京医界有个共识,七十五岁以上的癌症患者不做手术根治。但少壮派主刀大夫说,他敢做,只要符合他提出的条件,他就敢做。我想,大夫敢担风险,我也应冒个险,根除手术后,没有后患,心里坦然。

  也有人告诫:"即使手术成功,也不一定没有后遗症。"

之前就医时，我见过几位去复诊的病人，他们满脸痛苦劝告说："这么大年龄，千万别动手术了。我动了手术，直后悔……"这些做根治手术者，肯定有许多难言的痛楚。回故乡一个多月自由自在的生活，使我对做根治手术产生了动摇心理，既然前列腺癌发展缓慢，我已活到了八十一岁，也算长寿了，再无忧无虑地活个七八年，够本了。不冒手术风险也好。

小女儿首先发现了我的这个变化。她问："不想做手术了？"我将思想变化如实地告诉了她。

网上有关癌症的信息很多。我打开电脑看过一回，小女儿碰到了，把我好一顿说："太刺激了！你别看，看它干什么？"但我还是打开看了一些，有网友称，手术、化疗、放疗是致癌症病人死亡的"三把刀"。我以为，这话说过了。也许是乱治死亡的病例，使网友产生这个过于绝对的结论。我身边也有因治疗得当存活下来的病人。邢振龄，十二年癌龄，不就是一个靠治疗生存下来的例证吗？

两个女儿见我对手术犹豫不决，说："决心只有你自己下。万一下错决心，会后悔一辈子。"

从夫人的言谈中，我觉得她也倾向不手术。

6月5日，我将去北大第一医院验血，届时找个放疗科专家做些咨询。同时，找张骞最后拿主意，是否手术。

> 老邢久病成医生。

2018年5月28日

与邢振龄通话。

老邢在电话中告诉我，有一种新药，需住院才能开。这种新药叫阿比特龙，西安杨森制药有限公司出品，每瓶120片，17000元一瓶。我咨询了医生后知道，这是适合老邢这种病人服用的，对我暂且不适用。

老邢一早来电的意思是为我的治疗出主意。他说："我原来主张你开刀，但你的情况很好，全身无转移、无扩散，tPSA指标已降到3以下。我现在赞成你不用动手术。"

邢老这位老癌友,一直说:"久病成医生,我经受得多,什么都明白的,有事就找我。"他一直关注我的病情,不停地出主意。有这么一位老画友、老癌友真好,我庆幸后半生能遇到这么一位豪爽而又热心肠的老人。

我告诉他我这一个多月来想法的演变情况,说:"我找了友谊医院的李红,请她再跟她们医院的专家咨询。有情况,我会及时通报'阁下'。"

> 高大夫一席话，使我下决心：放疗。

2018年5月31日

晨七时，大女儿徐琪、小女儿徐映和小女婿李莹陪我去北大第一医院抽血，挂放疗科主任高敬书教授的专家号。

高主任详细地询问了病情，认真地看了核磁共振和PET-CT的片子，以及穿刺资料后，说："眼下根治前列腺癌，一是手术，二是放疗。放疗的最佳时间是打针吃药后三个月。"我说："我是3月6日打的针，开始服的药，照你的说法，六月初是放疗最佳时间。"高主任说："夏天太热，要不九月开始放疗？"我说："我有车，不用挤公交车。"

高主任说："那就六月吧！"

还需抽血，再做一次核磁共振，6月7日确定放疗日期。

我问："北京哪家放疗好？"

他答："机器都是一样的。成功与否，机器作用占20%，其他占80%。这80%主要是放射团队的水平。我们有团队，做得多。过去机器老，出现后遗症的概率为20%左右，眼下用新机器，定位准，后遗症也就1%。后遗症主要是尿血，大小便多。吃点药，一般都没事。"

放疗需五周时间，三十五天左右。我说，我有一位朋友，放射到第十六次就顶不住，只好停下来，很痛苦的。高主任耐心地说："那是定位定不好造成的。所以，团队的水平很关键。我们这里，没见到这种情况。你穿刺24针，有一针的指标数值是9，属高危。还得打针，效果管两年，也有管三四年的。"

"能动手术吗？"我问。

"你年龄大了，不适合做手术。"他回答得很干脆。

"不治行吗？"我又拿这个老问题问他。我心里始终有个顺其自然、干脆不治的念头。

"如果tPSA指标在4以下，可以不管它，先观察再说。

你属于高危，不治不行。"没有商量余地。

我已看过多家医院，多数专家都是三两分钟打发你。有的说动手术，有的说不动手术，根治不了。有的说，高龄只能放疗。主张手术的大夫说："手术后还可放疗，放疗后无法手术。"各有各的理，再问他们就不说了，病人太多，没有耐心跟你再说。只有高主任耐心，讲了二十来分钟，还在病历上作了病况记录。

高主任一席话，使我下决心进行放疗，而且就在他这家医院。

> 给子女添累,内疚。我的生死观。

2018 年 6 月 2 日

老来得病正常,面临末日也正常,但给孩子们带来的麻烦太大了。年轻人有工作、有婆家、有孩子,但为我跑医院,找医生,排队挂号,交费取药,车接车送,疲于奔命。祸不单行,我夫人又牙疼,一趟一趟跑口腔医院,也是孩子们奔波。没想到老了病了,会给孩子们带来如此大的压力。

我的心态一直很好,只是因为给子女带来的麻烦和压力而感到深深内疚。如得绝症,还不如一死了之。最困惑时,也产生了这种闪念。打一针就睡过去,永远不再醒来。安乐死是一种很好的归宿，难怪不少明白人都写下遗言，要有尊严地死，绝不要临死了，还全身插针头和管子。我尚觉强健，尚能自理，离那痛不欲生的日子还远。

夜深时，常会胡思乱想。真到无法治疗的时候，逃出城市，远离家室，躺到深山老林或荒郊野村，与大自然为伴，听百鸟齐鸣，听流水哗哗。来到人世间八十年，该奋斗的都奋斗了，该享受的都享受了，亲情、爱情、友情，该有的都有过了。无论成功还是失败，人生的这一页都已翻过去了。生老病死，等待我们的就是死亡。民间有红白喜事之说，生死皆是喜。死亡，是一种归宿。一切都超脱了，上了天堂，是一种多么美好的结局呀！

我的余生，虽不会太长，但还会有些年头。我的人生信念不变，宁可忙死，绝不闲死。只要活一天，就忙一天，忙自己想干的事，乐自己想乐的乐。

昨天已过去，明天不知如何。抓住今天，抓住快乐，抓住活着的快乐。

鲁光画《石头村一景》

> tPSA 已降至 0.791。严格遵医嘱。
> 不要怜悯，接受关爱。

2018年6月4—7日

6月4日早晨七时，驱车去北京大学第一医院，行车44分钟。先上五楼抽血，做生化检查。上午十时取到检查结果。

打了第二针双羟萘酸曲普瑞林，亦称达菲林。

上个月抽血结果，tPSA指标为0.791。医生说，低于0.2可停药。遵医嘱可停吃两个月，眼下可再服用一个月。

服用的西药为比卡鲁胺片，俗称康士得。

6月6日。明日将做前列腺核磁共振。遵医嘱，今日饮食之规定：

06：00，馒头1~2个，稀饭或素面汤一碗。
14：00—16：00，饮水500毫升以上。
20：00—21：00，服泻叶5克。
睡前将一支开塞露内的液体全部挤入肛门。
22：00—23：00，饮水500毫升以上。
三餐主食量要少，无油，无肉，少吃青菜、鸡蛋，可吃豆腐、果酱。

严格遵医嘱，不敢越雷池一步。

6月7日。屋漏偏逢连夜雨，前些天夫人患牙病，尽跑口腔医院。今日拆线，小女婿开车陪她去。大女儿一家为外孙赴美去大使馆办签证。小女儿和我乘出租车去北大第一医院做核磁共振。两辆车都忙不开。

九时半在北大第一医院住院处做核磁共振，约20分钟完成。这是为放疗作准备。

晚上，范承玲微信询问复查结果。告诉她，tPSA指标已降到0.791，决定不做根治手术，进行放疗。不需要怜悯、同情，但接受关爱。

名记何礼荪写传。画坛潜伏者刘晖。

2018 年 6 月 11 日

与何礼荪相约去拜会画家刘晖。

刘晖是我三十年前相识的朋友。那时，他主张建黄山世界公园，写了倡议书，找名人签名，壮声势。恰好我在黄山脚下太平湖小住，他来找我，我支持他，在他的倡议书上签了名。一深聊才知道，他是我的校友。我读华东师大中文专业，他是历史系学生，我们都是文史楼的学子。他画得好，几乎画遍了黄山的松树。为了画奇松，他从山崖摔了下去，差点丢了性命，还是他酷爱的一棵黄山松树托住了他的躯体，才有惊无险地幸存下来。尽管他建立黄山公园的建议得到众多社会名流的赞同，但最终并无结果。此后他埋头画松，以绘画为黄山立传。无论呼吁创建黄山世界公园，还是习书作画，他都是一个很执着的人。20世纪八九十年代，我在北京见过他。他的黄山松已进了人民大会堂和几家星级大饭店。他的黄山松速写，已由荣宝斋出版发行。黄胄先生把他请到中国画研究院作画。刘晖慕名到荣宝斋造访，送去一厚叠画稿。荣宝斋工作人员以为他是来卖画的，连说："我们不收画。"荣宝斋代售和收购的都是当代中国一流的大师大家之作，一个无名之辈是不会被放在眼里的。刘晖忙说："我不是卖画的。我拿来一些画，请你们给看看。"荣宝斋工作人员被刘晖的黄山松手稿吸引住了，说："先放在这儿，过三天再来。"三天后，荣宝斋已决定为他出版一本黄山松画集。李可染、黄胄为画集题字和题写书名。无疑，刘晖已出大名了。其时，我们创办了一份新报《体育大市场》。我正发愁找谁题写报名。见了刘晖多幅题字后，我眼睛一亮，踏破铁鞋无觅处，得来全不费工夫。刘晖的字，拙朴厚重，正适合用于报名。我请他题，他也不推辞，说给他半个月时间。半个月后，他打来电话，让我去取。为了题写"体育大市场"这五个字，他练了上百张报纸。题字厚拙，真

品赏刘晖的黄山松。左起：何礼荪、刘晖、鲁光

好。从此，我不仅喜欢刘晖的画，亦爱上了他的字。一晃一二十年过去了，我与刘晖失联了，知道他在京城，但不知他隐居何处。

我出道时，何礼荪已是《北京晚报》著名记者，他后来调任中国旅游报总编，今年已年届八十六七了。他也是20世纪80年代与刘晖相识的。他正为刘晖写传记。刘晖提出由我写序。我想，刘晖还没忘记我，给我这么一个重任。

刘晖的家在亚运村边上的一幢民居楼的五层，画室在阁楼，爬六层楼梯。他将画一幅一幅打开，挂到墙上，让我们观赏。松、兰、竹、山水……看到中午十二点还未看完,午餐后又看了两个多小时。午餐时,何礼荪征询对传记书名的意见。

"'来自黄山的画家',如何?"何礼荪说。

"太一般,吸引不了读者。"我直言不讳。

"在画家前加一个'著名'或'大'字呢?"何说。

我直摇头。

"那你给出个题!"何礼荪将我的军。

思索了好一阵子,我说:"'画坛潜伏者'怎么样?"我解释了用这个书名的缘由。应该说,刘晖出过大名,早已浮出水面,但他不为名声所累,很快又潜回水下。至今,他连中国美术家协会会员都不是,连个手机也没用,成年累月埋头于他的书画中。北京展览多,他都去看,但都是躲开热闹的开幕式,悄悄去观看。他常买古今名家画册,苦心研读。观展读画册,固然是为吸收艺术养分,但他的终极目标是琢磨自己的书画超过古今名家没有。在浮躁的当今,在纷纷为名而来为名而去的画坛,他不是一个潜伏者吗?不管他的书画是否超越古今名家,他一直以超越为自己的目标。

刘晖很赞赏这个书名,连声说:"这个书名好,这个书名好。"刘晖说要送我书画,问我要什么,是画还是书法。

其实，送与不送都无关紧要。刘晖的为人为艺之道，已给了我难得的启示。

离开刘晖家，在路上，我对何礼荪说："老何，你八十六七岁高龄，还一个字一个字'爬格子'，为他人立传，精神可嘉。我要写的序言，就以'画坛潜伏者'发挥了。"

> 放疗，人生的一次拼搏。

2018 年 6 月 14 日

上午去北大第一医院放射科做 CT，确定放射定位。做了一个塑料模，放疗时罩在肚子上。医生在我的肚脐下方和两条大腿侧边，用红墨水笔画了十字记号。等会诊结果，估计一周后开始放疗。

做 CT 时，要喝水，憋尿。医生说，以后放疗时，也要憋尿，以免损坏膀胱，造成副作用。

有病友相告，放疗费用八万，自掏八千。

放疗时间为五个星期，二十五次放疗，如顶得下来，就算根治了。是否根治，天知道，但眼下也只能如此治之、如此信之。

放疗是一次人生的博弈。老邢说，他放疗到第十六次就顶不住，败下阵来。我放疗二十五次能否顶下来，一点自信心都没有。绝地反击，才能转败为胜，女排的拼搏精神鼓励着我。我作了充分的精神准备，无论如何要将二十五次放疗顶下来。

寻找友人赠送的艺术精品。整理旧画。沉醉艺术。

2018年6月15日

为了寻找吴山明送我的那幅《大鱼图》，我开始翻箱倒柜，打开一卷卷藏品，翻遍角落，怎么也找不到它的影子。

我记得，2006年，此画曾借给金华大家艺苑挂过，恰好吴山明去金华，我还请他去看过。我告诉他，这幅画的墨韵太好了，是精品。我借画廊挂挂，是为了让世人知道，我的朋友吴山明的水墨精品是这样的，并非市场上流通的那些急就之作。吴山明坦言："这幅是没有杂念时画的。"他的市场太好，有些急就之作就影响了艺术品质。我还记得，这幅

废纸千张（拍摄于五峰山居）

画在2012年中国琉璃厂画院成立画展时，在北京三品美术馆展出过。我找出画册，里面印了这幅画。同时，还印有周韶华、张桂铭、谢志高的作品。再回忆，谢志高的画后来拿到大家艺苑寄售，未售出，今年我带回北京，前些天已送还谢志高。这说明，这些画在三品美术馆展出后，我已拿回家。要丢失，应全丢失，既然谢志高的画在，其他的画也应在。这几幅画都是让人爱不释手的精品啊！

这些天，满脑子就是这几幅画，白天找，晚上想，几乎到了无法入眠的地步。我是一个爱画如命的人，名人大家到

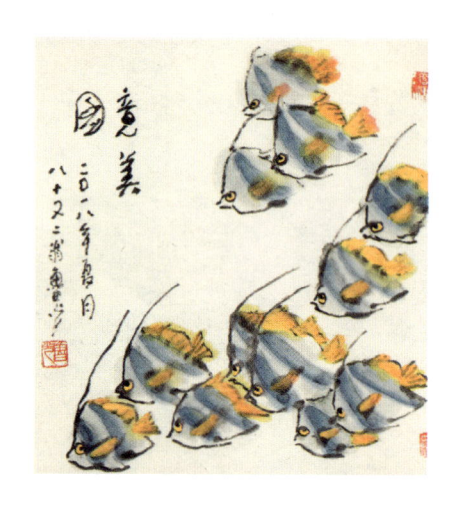

我手上的东西,哪怕是一个信封,我都珍藏着的。实在找不到,我也作丢失的准备。唉,我也就是人世间的一个匆匆过客,什么好东西到了手上,都是暂时的,最终也不属于我。丢失就丢失了吧,一切都是身外之物。作为财物来说,我是无所谓的,但作为艺术精品,丢失了就太心疼了,疼得寝食难安。我仍然心存侥幸,它们应该还在,隐藏在我一时发现不了的地方。不死心,就有希望。

这次翻箱倒柜有一大好处,找出了自己的画上百张。许多画都未签名盖章,是半成品。我夫人早就催促我:"画好了就签名盖章,否则会带来大麻烦。"我明白,不签名不盖章,一旦我不在世,就都变成废纸了。这些年来,我未签名盖章的画作较多,画好了就放一旁,总想以后再看看,满意再留，不满意的要么改、要么毁。如今查出绝症，有急促感了，我决心边看边决定是否留存。凡决定留存的，签上名，盖上章；不留的毁，毫不留情地毁。不好的东西不能留存在世上。留给社会，留给后人的，应该是精品，至少自己认为是好的作品。不少朋友说："毁掉太可惜了，给我们几幅吧！"我每次都坦诚相告："我要送，就送精品给你。要撕毁的画，是不能留在世上的。"当然，我心里明白，我送人之作，不一定都是精品。画画是很神奇的，你想画好，也不一定画得好。有时随意即兴，倒出精妙之作。因为，画是心灵的产物。随意性大，永远重复不了。

当我沉浸在艺术中时，早把癌友忘到九霄云外。朋友画作的美，使我陶醉。自己画作的笔墨，也使我自我陶醉。挥毫，补墨添彩，盖章……我忘了白天和夜晚。心态，这种欢愉的心态，肯定是治愈疾病的良方。是不是科学，我不知道，但我信，而且深信不疑。

伉俪画展。李利夫妇造访。

2018 年 6 月 16 日

苏振亚和刘剑影在西黄城根南街的国韵生活美学馆举办画展。擅长书艺的苏振亚拜吴悦石为师，已成吴门弟子。刘剑影，擅长画工笔，拜我为师后，逐渐喜欢大写意。这对画坛伉俪，画兴正浓，他们已在安徽老家举办伉俪画展，如今又在京城崭露头角。我为他们写了文章，在《北京晚报》发表。责编赵李红说："琉璃厂不少画家要求发表作品，说他们能上晚报，为什么我们不能上？"赵李红很为难，只好说："名家鲁老写的我们才登。"惹得不少琉璃厂的草根画家找我写文章。

展室不大，但环境雅致。品茶赏画，其乐融融。应邀，我为生活美学馆题写了一条幅"品茶品人生"。还为刘剑影的学生小影即兴画了一幅画，纸太差，干了后，墨韵全无，我当即撕毁。刚画好时，很美；干透了，无法入眼。小影满心的欢喜，顿时消失，一直感到遗憾。不是我惜墨如金，舍不得赠送，实在是此画无法留在人间。我答应，以后画幅好的再送她。

午餐订在对门的南日饭店。苏振亚好酒，酒量亦大，刘剑影也能豪饮几杯。往昔，我们对饮过，但如今我已滴酒不沾。这对夫妇好生奇怪，我也只能相告："医生不让喝。"

下午李利、李红夫妇来访。年前住友谊医院，多蒙他们夫妇帮忙。

李红喜欢我多题字的画，看中了我的一幅三人行的牛画和一幅荷花题材的扇画。作品有知音是一大乐事，我将李红喜欢的两幅画送给了她。

李利的画，中西结合，泼彩泼墨，鲜亮大气，他是凭激情和才情作画。他一再叮嘱我为他的绘画写几句评语，我说："待我好好想想再写。"

李利说，他们前些年去看望过一位名气很大的画家朋友，胃癌，做了手术。又是癌，同病相怜。好生奇怪，怎么癌老找我们文化人，老找画家为伍。

老友相聚最欢乐（画家李利来家看望）

李红说，癌症不分职业，到处为患，她们医院体检，还查出十多位癌症患者。报上说，中国是癌症大国，每七分钟就有一个人因癌去世。

癌症难治愈，药费又贵，谁惹上此病，谁就濒临"破产"。一般人是承受不了昂贵的医疗费用的，好在政府已开始重视，凡癌症用药，减税进口。对于我们这些刚发现绝症的患者来说，这是福音，但负担再轻，即使全部免费，谁也不愿得这种绝症。

> 我的健身理念。动静结合，该静时静，该动时动，一切顺其自然。

2018年6月17日

尽管我一辈子在体育部门工作，也深知经常运动对身体的好处，但从本质上并不真正理解，更不能坚持天天锻炼。

人们常常找些名人健身的各种说法，来搪塞运动健身之说。有人说，文学大家叶圣陶说过，他的长寿之道是"三不"，一不运动，二不戒烟，三不戒酒。还有人说，生命在于静止，还举出乌龟不爱动，喜欢睡眠，却能长寿的例子。我对"生命在于运动，但生命也在于静止"的说法，内心有几分赞同。

我胖，体重超标，医生和家人都劝我多运动。其实，我是一个好动之人，年轻时走长途，一天几十里、上百里都不在话下。20世纪80年代，我住在怀柔水库小岛上采访中国登山队，几乎天天傍晚都下水游泳。有时，夜深了，还敢跳到深不知底的水库里，一个人游泳，时而侧游，时而仰泳，自由自在，从这个小岛游到另一个小岛。天上是星星月亮，身下是凉爽的碧水，边游边哼小曲，那份欢乐劲儿，至今回想起来还美滋滋的。我住在方庄，去位于天坛东门的单位上班，我不坐车，走路去，走四五十分钟到单位已汗水满身，冲个澡，浑身轻松。健身的好处，我有切身体会，但随着年龄增大，体态发福，惰性发作，一坐下来就不想动。我的夫人常常怪我说："你的屁股太沉。"她老催我出去走走，到天坛、龙潭湖去走。

"文章是写不完的，画是画不完的。眼下什么最重要？身体最重要。"夫人边催促我锻炼身体，边给我开导人生。

得病之后，我养成散步的习惯了。我的健身理念变成"动静结合"。该动时动，该静时静，一切顺其自然，不强求自己，但我不再找借口犯懒。

题字『伴仙溪』已刻在巨石上。石头的抽象魅力。

2018年6月20日

武义平头村民宿老板张宏发来微信,说我书写的"伴仙溪"已刻在溪流的巨石上,灰黑色的石头,绿色的字,还有红印章,湍急的溪水从题字的巨石脚边哗哗流过。好一个美景啊!

我将图片发到网上,远在大洋彼岸的画家朋友詹忠效发出赞美,说他要去伴仙溪一游,并摄影留念。

张占鳌说:"那巨石像一头伏卧在溪水中的牛。"悉尼的杨艳冬说,三个字是刻在牛背上的。范承玲、李世平皆赞成溪石像牛之说,还有杭州良渚的女老板黄魏青也说那石头像牛。

可我怎么也看不出它像牛。也许，我老画牛，朋友们就往牛上靠。我夫人仔细端详后说："像一条水中的大鱼。边上的那些小石头，像小鱼。"

众说纷纭，各说各有理，这就是抽象的魅力。同样一块溪流中的大石头，不同人可以根据自己的想象去观赏。

"伴仙溪"刻在溪中巨石上

一个微信、一张刻石的图片，让我回到故里的山村，回到山溪的哗哗流水声中，欢乐占满了心间。

这些天，我常去琉璃厂，到漫斋品茶神聊，谁人能看得出我是一个病人？都说我精神好、气色好，不像八十多的老人。哪天当我揭开我的"秘密"，人们知道我是一个绝症患者，得惊讶不已。

心态，是治癌的良方。老邢不就是靠好心态，靠丹青水墨活得风生水起的吗？十二三年了，即使我们都知道他是一个癌症缠身之人，但一点也觉察不到他是癌症病人。我也要试验一番，看看这个精神疗法有多大疗效。至少，好心态会使我忘却自己是一个病人。

不午休。吃「斋饭」。「闭关」一个月。

2018年6月22日

午餐后,不午睡,乘出租车去琉璃厂。也有上午去的时候,午餐就在漫斋吃个"斋饭"。谁赶上,就和谁一道吃,记得有老邢、林凯、吕居荣、聂全民……美其名曰"斋饭",实际上就是叫外卖。去饭馆吃,兴师动众,耽误时间。吃个斋饭,省掉路程劳累,边吃边聊,不用动地方,何乐而不为呢?当然,能避开饭点最好,所以我基本上选择午后去琉璃厂。一般人不午休是吃不消的,我是记者出身,老是行踪不定,中午基本上无法休息。久而久之,养成了不午休的习惯。

再过两天，6月25日就要开始放疗了，疗程35天，要到七月底才能脱离放疗的苦海。我得给漫斋的朋友一个交待。

"我要闭关一个月……"我找了个"闭关"的理由，对高红悦和在座的几位画友茶客说。

她有些吃惊发问："查体吗？"小高是精明人，糊弄她难。

我急忙说："闭关，休息。不发微信，不打电话，不与外界联系。"

她和朋友们似明白又不明白，只是"呵呵"了几声，不再多问。

我知道佛教里有"闭关"，借用一说就算交待了。

在漫斋即兴作画，
傍立者为斋主高红悦

撕画，改画，落款，盖章。一幅变两幅，旧作有了新生命。

2018 年 6 月 23 日

晨起，打开灯，翻阅前些日子挑出来的旧画，撕掉几幅不满意的。眼前展开的是一幅别开生面的画作，半边红烛，半边水仙。夫人过来一看，调侃道："哪有这么画的，水仙着火了……"

原本想创个新，来个别致的画面，但细看一下，画面不协调。看来，这个创新失败了，但红烛和水仙都画得不错。

端详了好一阵子，我将画裁成了两半，红烛一幅，水仙一幅。红烛一幅，上半部有些空地，得题字。题什么呢？难题。想到后天就要开始放疗，灵感来了。"生命之歌"，我为红烛画题了名。创作日期写成"二〇一八年六月二十五日"，放疗的日子，救回生命的日子。欢欢乐乐地活下去，为自己、为家人、为梦想。这才叫写意画呢！我赋予旧作以新意，使旧作焕发出生命之光。变废为宝！我为此兴奋了好半天。

一埋头到旧作中，我就很难自拔。每件旧作都唤起我的一段回忆。撕画，改画，题跋，盖章，一直忙碌到入夜。

> 放疗，像按摩。医盲的错觉。

2018年6月25日

约定中午一时半去北大第一医院进行放疗。

等到二时许，门洞开，我被领进一个"神秘"的地方——放疗室。门外有警示牌，红灯亮，不许进去，有辐射……

放疗有要求，先喝一至两瓶矿泉水，憋尿，排便，以避免放射的副作用。

我穿上鞋套，自带一条毛巾被。仰着躺下，双手抱头，在肚子上先固定事先量身特制的塑料罩，然后开动放射机器。我闭着双眼,仰卧着,肚子上的塑料罩一松一紧,像是有双手在按摩。原先的恐惧和紧张,全然消失。也就五六分钟,放射机停止工作,头一次放疗结束。我的感觉仿佛是享受了一次舒适的按摩。

放疗室在地下,车就停放在门外,太方便了。回到家,夫人问我感觉如何?我说:"很舒服的,像按摩一样。"后来才明白,那固定在肚子上的塑料罩,是为了找准放射部位用的,一松一紧,是我自己呼气吸气所致,但我的这种错觉很好,化紧张为舒适,化恐惧为欢乐。医盲,有医盲的好处。

从今日起服用两种药。一种叫乌苯美司片,每日三次,每次一片。还有一种安多霖胶囊,每日三次,每次四片。

头一回听说,男人的精子,是前列腺癌细胞的营养品,癌细胞是靠精子存活的,所以太监不会得前列腺癌。

明天的放疗,约在晚上八时。

> 候疗厅里的『悄悄话』。隐瞒只会增添恐惧。

2018年6月26日

晚上七时驱车去北大第一医院地下二层放疗室。其实，地下二层是一个庞大的停车场，放射科在停车场一隅，这比其他医院停车方便。候疗厅有三十来把椅子，已基本坐满人，有病人，有陪同的亲属。

坐在我边上的一位年轻女子，手拢嘴，对着我耳朵，轻声地说："我父亲，咽喉癌，他不知道，也没告诉妈。他太紧张了，周围尽说癌的，他脸色都变了……"离开座椅，在过道上再遇见她时，我说："还是告诉你父亲好，不说到这种鬼地方来干什么，全是癌症病人，他能不知道吗？"女子点点头，胆怯地说："我还是不敢告诉他……"这就是怕病人知道实情会吓死的现象。其实，瞒是瞒不住的。瞒，还不如告诉病人真相。隐瞒，病人家人都恐惧。在恐惧中生存，日子多难熬呀！

邂逅在张骞大夫门诊室碰到过的北京建筑大学的那位八十多岁的黎教授。张大夫同意给他动刀，但要观察一年之后再作决定。他不愿开刀，那天门诊后就来放疗。到今天，已放疗了二十三次，他需放射三十八次。我说："我只需放疗二十五次。"他说："我的癌长得部位不好，需多放疗一些次数。"我问他："有什么反应？"他说："没有大的反应。放疗到十六次之后，拉过一回稀。"看来，放疗并不可怕。不过，有一位病人反应严重，不断腹泻，还打点滴抢救。原因是放疗头一天，他喝了两瓶冰啤。看来，饮食得自己多注意。

足球瘾、书画瘾，帮我们渡难关。

2018年7月4日

今天是开始放疗的第八天。头两次放疗后，出现夜间尿频、尿困难现象。一夜起身三次，昨夜起身六次。看来，放疗副作用明显起来。

昨夜在放疗候诊厅与北京建筑大学黎教授闲聊。他说，做到十七八次之后，副作用明显，尿频尿急，欲便，但拉不出来。巧逢世界杯足球赛，他每天看球赛，晚上看，白天补觉，过足了足球瘾。他是广东梅州人，从小爱踢球，如今仍然一条腿粗一条腿细，俗称"足球腿"。他说看球分散了他的注意力，减轻了放疗的副作用。

我呢，有空就整理旧画，全身心投入水墨丹青。书画兴趣也助我渡难关。

我与黎教授的"书画瘾""足球瘾"，印证了好心态是治癌的良方妙药之说。

今晚放疗室候诊大厅人多。我们不到晚上七时就抵达，但大厅里已坐满了人，等了约一个钟头才轮到我。先尿了两回，水喝光了，又买了一瓶，再憋尿。快轮到我时，快憋不住了，又尿了一回。还有一个人就轮到我，我将剩下的半瓶水急急喝下去，重新憋尿。好在我前面那位病人久久出不了放射室。一会儿红灯亮，一会儿绿灯亮，折腾了二十分钟才出来。我正感到又憋尿时，叫我进了放射室。不知何故，这些天我的腰又出了点问题，躺下去疼。医生让我的家人陪我一同进去帮我躺卧。放疗过半，我感到肚子的网罩松开了。头一回放疗时出现过这种现象，我急忙举手示意，并大声喊："护网脱落了……"没有人管。治疗结束时，医生说："只要你躺着不动，就没事。"这回脱落，有经验了，我没有叫喊，只是静静躺着，坚持不动弹，以防放射部位不准确。

今晚喝水太多了，加上晚餐又喝了一碗汤，可能胃胀了，把网罩给撑落……

晚上，尿不出来的现象不严重。

> 书画市场乱、骗子多。骗局五花八门，防不胜防。

2018年7月5日

江苏凤凰美术出版社邀请我出版一本精美画册，邀请有大半年了，一直下不了决心。看了寄来的已出版画家画册样书，觉得档次高，值得出。

对出画册，我很慎重。眼下骗子太多，也包括到处揽生意的画册出版商。我们老家有一位画老虎的高手叫沈高仁，人称沈老虎，李可染、刘勃舒见他的虎画，都给予赞美。画商给他出了一本大八开的画册，出版单位是人民美术出版社。沈老虎送我一本，兴高采烈。我一看，开本是大，印刷质量太差。我问他:"花了多少钱?"他说:"要了我25张老虎。"沈高仁画虎喜欢尺寸大,他说:"纸小老虎便像猫。"我认定他上当了,但言明会扫他的兴。回北京后,我在琉璃厂西街碰见了这位画商,他得意地说:"你们老家沈高仁画册是我出的。"沈高仁说:"他们要25张,我都给了。交书时,又给了两张。"我对这位画商说:"27张老虎,假书号,你们真会欺侮乡巴佬。"这位江西老表嘿嘿一笑。书画市场繁荣,人心浮躁。沽名钓誉的书画家很多,有的在画册中自称当代大师,有的几位大家名家中夹一位不知名的画家,有的请书法大家题写书名"传世名家名作",无奇不有,而画册里的介绍文字,更是天方夜谭。什么名头大标什么,有的画家自诩某某大师的入室弟子,有的将八位大师都列为师长。各种画院、画会、协会更是名目繁多。有一回,我去看望来京公干的某省画院的头面人物。他正在审读他的画册——《荣宝斋画谱》。他说:"过一会儿,荣宝斋编辑来取走打样。"我问过荣宝斋老总,这个画谱已停出两年了。眼下社会上出版的,都是假的。我的这位画家朋友吓出了一身冷汗。他说:"上当受骗了。你不来,待会儿我就将画给他们了。"真是防不胜防。众多画商是随这个浮躁社会应运而生的。一个愿打,一个愿挨,受骗被骗活该。根治的办法只有一个：戒浮躁，不图名，不图利，把功夫用在绘画艺术上。我也有受骗的时候。有一回，在琉璃厂东街遇到一位老乡，拿来一幅浙江名家的画，要换我的牛画。我说："这是浙江大家的画，很值钱的。"他说："我们老板有很多他的画，缺你的牛。快过年了，我能为他找一幅你的牛，就不会被'炒鱿鱼'，帮个忙吧！"我产生了同情心，将一小幅牛画给了他。当天晚上，我见到一家画廊的老板，他说："我的一位朋友下午刚收了一幅你的牛。"我打听价位，他说："两万。"我暗自叫苦，上当了。同情心是骗子的同伴。还有一回，大雪天，一位孕妇来"约稿"，在场的朋友同情她，劝我让她做个印刷品，条件不高，一幅小画。一个月后，她送印刷品过来，索要画作，我将准备好的小画给了她。没有想到第二天，又来了一位腆着肚子的女子索画。我说："昨天不是给你了吗？"她说："没有给我。"我傻眼了，怎么一下子又来了一个孕妇呢？后来有人提醒我，可能都不是孕妇，只是假装孕妇的姑娘。看你年龄大，认不清人，蒙你的。简直不可思议！

从此，我提高了警惕性，出版书刊找正规出版机构，野路子组约稿一律谢绝。否则，老夫也会成为乡友沈高仁一样的"乡巴佬"。

江苏凤凰美术出版社的约稿，我是入心的，但一时无法准备稿件，许多精品还未拍照。我对使用电脑又不熟练，于是就一次次拖延。有空，我慢慢整理，慢慢编选，把编画集变成一种乐趣。

晚上尿频，五次。大便有感觉，拉不出来。这都是放疗的正常反应。我的睡眠状态不错，起身尿完，倒下便睡，几乎不会有影响。

> 邢老的处境。说画,共同语言多。

2018年7月7日

从昨晚到今晚,有大便感觉至少十次。内急外沉,但只有两次拉了一点点。加上尿急尿频,放疗的副作用显现出来了。

老邢来电询问治疗情况。他说:"我认识广安门中医院的一位大夫,专治放疗副作用的。如需要,可找我。"

他自己住在同仁医院,等待做骨扫描,但是还惦记着我这个老友。我为他的近况担忧,问:"查癌细胞转移?"他说:"转移是肯定的,看哪块转移严重。tPSA 指标 240,下不去，做化疗反应大。看来，同仁医院泌尿科是小科，不行，可能也得去北大医院了。到时候，你帮个忙……"看来，他对同仁医院的治疗已失去了信心。我真诚地说："好的，需要我帮忙，一定尽力。"

我夫人忧心忡忡地说："他都十三年了，可能无法再治了，拖时间而已。"

是啊，从发现癌症到今日，他什么手术都做了。植入只管用一年半，化疗也做过不止一回了，也许真的无法可治了。但愿新药问世，再救他一命。只有期盼，只有无奈等待，还有美好的祝福。但他边寻医，边每天作画，每天一早就发出一幅，有时还两幅三幅。世上还有哪个老人，而且是身患绝症的老人，能像老邢这么勤奋，这么有才呀？我知道，他天天画画，也不光奔的是艺术，而是靠丹青，靠兴趣，一言以蔽之，靠乐观的心态与癌症抗争，与命运拼搏。

他将话锋转向绘画。他说："老弟啊，你的画，近年变化很大，应该再出本画集了。"我告诉他，我的七卷本文集马上由人民文学出版社出版。他说："这是你人生的大事，应该好好热闹一下。"

我还筹备了一个文集的首发式，低调的首发式，只请一二十位朋友聚聚。老邢说："应请四五十人来庆贺，好好热闹一下。我一定去参加……"

我说:"届时一定请你出席。何老年纪太大了,不劳他的驾了。"我答应老邢,我会考虑他的意见,但我还是主张"低调为人,高调从艺"的理念。

漫斋半日。左起:鲁光、三联书店编辑王竞母子、邢振龄、何君华

为保密,说假话不脸红。

2018年7月9日

晚上,放疗到一半,机器出故障了。有备件,但工程师不住附近。放疗室的女技师说:"抱歉!今晚修不好了。明天等通知。"

我问女技师:"我做了一半,怎么办?"

她说:"电脑有记录,明天可以接着放疗。"

白去了一趟。我后面还有十多位病人,都只好悻悻离去。

晚餐,吃了一碗面,又喝了不少农夫山泉,肚子有点胀。往后要少吃，吃个半饱就行。

晚上，李世平来微信，说金华电视台的网站要采访他。他回答人家："问过师傅再说。"我在回复他的微信中说："可以接受采访。一个农民，圆一个文化梦，有价值。你就实话实说，新闻最讲真实。"看来《草根之歌》的效应开始显现了。

中国美院的一个女学生相约明日琉璃厂相聚。今年五月的一个周日，她曾专程从杭州赴永康，到山居拜访我，还去参观了鲁光艺术馆的陈列品。我微信回复她："本月闭关休息，抱歉！"自从查出癌病，我就谢客，特别是眼下正在放疗，更是闭门谢客。前几天，乡友卢广（为我拍过不少好照片）来电相约，说是"几位乡友来京，聚一下"。我以天太热、血压高为借口也婉拒了。漫斋主人红悦有些纳闷，来微信打听："你怎么闭关了啊？"我含糊其词："找个清静处休息。"这叫说假话不脸红。无奈之举呀！

今日第二次开始服用康士得（比卡鲁胺片），服到8月5日止。

活得明白，死得清醒。

2018年7月10日

读微信上的文章《如果我死了……》，作者朱铁志，我相识。我们在云南丽江共游过数日，有过不少交流。他是《求是》杂志的副总编、杂文高手。这是他得癌症自杀前写下的一篇文稿。

朱铁志文中有这样两段：

"对个体生命来说，生命是短暂而脆弱的，不论你是荣华富贵，还是穷困潦倒，生命的起点与终点不过咫尺之间。"

"有些癌症之所以叫癌症,是因为现代医学暂时还拿它束手无策。所谓人道主义的救治,本意在延续人的肉体生命,其实无异于延长人的双重痛苦。"

在死神敲门之前,他结束了自己的生命。他不愿意没尊严地活着,而求有尊严地死去。他绝对是个悟透人生、看透生命的智者。读《假如我死了……》,心情沉痛,但我理解他选择结束生命的无奈之举。他活得明白,死得清醒。

我也愿意做这样的一个明白人,但我的病情与他不同,我就不一定走他的路。我已问过几位名医:"不治行吗?"作为医生绝不会回答"可以不治",但他们也说,病歪歪的濒临死亡者,其实不治也罢。治疗只是拖延生命,肉体和精神的痛苦没必要硬去承受。像前列腺癌一类发展缓慢的癌病,不治也无妨,因为最后导致死亡的疾病不一定是已发现的癌。对晚期病人,他们也无奈,只有尽人道主义,尽量减轻病人的痛苦。眼下,医院医术最高的医生,也无把握使癌症患者康复。要根治癌,还得等待医学的发展。也许,到那时,治疗癌病就会轻而易举。

有朝一日,我去了天国,会再找他相交为伍。

在候疗厅里,我认识了两位年迈的癌友。一位七十八岁，白发苍苍，家住芍药居，下午四时离家，坐公交车，路上费一个多钟头，候诊一个多钟头，再回家一个多钟头，直至晚上八时多才能回家吃晚饭。老伴儿每天陪老先生来，真是太辛苦了。还有一位年届八十的老科学家，一儿一女皆在国外，儿子、女婿从国外回来陪他放疗。他女婿告诉我，老爷子一直不肯来诊治，整天忙着写书，连节假日都去办公室赶任务。他的夫人又摔了一跤，卧床不起。昨天，听说他主编的书出版了，才脸有笑容。每天见面，我们都打招呼，真是一位令人肃然起敬的科学家、教授。

  我每天有女儿、女婿陪伴，太幸福了，但我还是为拖累子女深感内疚。好在我的病放疗也就三十多天，往后就不太需要麻烦子女了。

难得拍张全家福

邢老悲叹："老弟，可能没治了……"

2018 年 7 月 13 日

北京建筑大学的黎光华教授已放疗三十七次，剩下的最后一次定在 16 日上午到门诊完成。三十八次放疗，大功告成。

黎夫人如释重负，叹口气说："再见了！"

一旁的病友说："再见也不在这儿见！"言外之意，人们忌讳在放疗厅相聚，都想早日离开这个癌症病人天天见面的鬼地方。

我已完成十四次放疗，快过邢振龄的十六次大关了。主管医生秦大夫是一位壮实的年轻人。他看了我前十四次的放疗情况后说："你是放疗患者中反应最小的一个。"看来，闯过二十五次大关问题不会太大。

晚八时多已回到家。冲个澡，加个餐，餐桌上放着一瓶酸奶，烤箱里烤着一块面包。

跟邢振龄通电话。

邢说："做了骨扫描。去年就扩散了，米粒那么大，这次做又有发展。癌扩散变大了，胸、腰都有痛感。tPSA 指标 240 多。吃药不管用，化疗，没有感觉，可能适应了，没反应。"他哀叹道："老弟，也可能没治了。哈哈，都十三年了……"充满无奈之感。

"每天上午画点画，下午坐凉台休息，打打电话……上午给夫人去取药，她腿无力，走不了路。"

邢老女儿在美国，顾不上他们；儿子有病在身，自顾不暇；儿媳得上班挣钱。邢老说："宏宝堂扇画展，一共卖了四把扇子，我的那把卖了，让我再画几把。书画市场不好啊……"

我只能安慰他几句。我说："邢老，你是'老癌症'了，对付这个坏朋友，你有经验。用水墨冲走癌细胞……"

他听后哈哈一阵笑。

暴雨。途中买庆丰包子。

2018 年 7 月 18 日

昨天、今天，放疗室电话通知，让我早上早去。连日大雨、暴雨，一些人去不了。雨，下得真大，瓢泼大雨。车过中南海时，下得最大，雨水在车窗玻璃上都汇成了急流。候疗厅里病人稀少，只等半个钟头就做上了。

候诊时，一位徐技师说："现在有点空，给你普及一下癌症的知识。患癌的原因：一是遗传；二是精神压抑，刺激；三是受重伤……"是不是就是他说这样，我也不全信。他听说我在记日记，说："把治疗感受写下来，挺有意思的。"

不到八点半,我们就离开了医院。车过泰丰楼,边上有一家庆丰包子铺。今日回家早,我们停车,买了三两素菜包子。我吃二两,夫人吃一两。从医院回家的路上,还能捎点包子回去,心里很欣慰的。

立了规矩,做到却很难

写就画家刘晖传记序言。老顽童的悲壮感叹。

2018年7月22日

今日写完《画坛潜伏者刘晖》一文。这是应何礼荪之邀，为他的大作《刘晖传》写的序言。

何先生约写此文时，我正在住院查癌，实在无暇顾及，只好一推再推，说我成天跑医院，过些日子再说。见面后，他见我身强体壮，好生奇怪地问："老跑医院，你身体怎么这么差？"我含糊其词，无言以对。

壮实的躯体里面，癌细胞正在发起猛攻。我不愿公开真相，只好说老跑医院。

本应推辞这类费心之事，但何礼荪是新闻界前辈，刘晖又是老朋友，实在无法一口谢绝。写序是最难的事，我既已揽了下来，就得认真完成，但成天与不速之客——癌君打交道，既无力也无心执笔。怕耽误人家的事，我硬着头皮打开电脑，强迫自己动笔写。刘晖自信又自负，没有被滚滚红尘卷走，没有被名利醉倒，牢记自己的艺术使命，数十年来奋斗不息。他犹如一棵黄山松，扎根岩石中，倔强生长。浮躁世界，难得的一位书画家。我对他，有一种敬佩之情。

与邢振龄通话。

他关心我，问了我的近况。我说："你做放疗十六次就败下阵来，我已做了十九次，还剩六次就大功告成了……"

他打听有什么副作用，我说："都是正常的反应，体重从八十五公斤降到八十二公斤，掉了三公斤。"

"老弟，行啦，你能顶过来了。"邢老说。

他自己住在同仁医院化疗。一个疗程六次，做完三次后，反应大。反应大也得做……他相约，出院后聚一下。他说："我买单。"我笑道："老兄，买单不重要，我来买。相聚难得，越来越难得了。"笑中有感叹。

对于两个乐天派老顽童来说，少见这种悲壮的感叹。

这些日子，不知何故，腰有点疼，起卧都有感觉。夫人有些紧张,说:"你那么胖,腰坏了,谁扶得起你呀!你什么都不要动,千万不能出事,把下周的放疗做完……"

在家里,我成了一个"真正的病人"。

《鲁光文集》问世。周庄欲建杨明义艺术馆。

2018年7月23日

《鲁光文集》（七卷本），由人民文学出版社出版，今日到货，给我五百套。我与李莹商量，运回老家三百套，留在北京二百套。一套六公斤，够重量级的。

出版《沉浮庄则栋》时，人民文学出版社包兰英说："鲁老，出文集，不要找别人，就由我们出。"以前我对出文集，未盘算过。经她这么一点拨，我萌生了出文集的念头。当然，在人民文学出版社出文集不是容易的，需要审批，够格了才给出。我用了一年多时间搜集整理文稿，与编辑部来来回回，前后费时三年才尘埃落定。本来，我打算把书画编一卷，收入文集。虽开本小，但也别致。签合同时，出版社也同意，但到正式定稿时来了问题。责编说："收入一卷画，与书名'文集'不协调。"建议我改书名。《鲁光作品集》《鲁光自选集》……起先我赞成，但一改，与文集的本意不一样。但不改，责编又不同意。拉锯了一些日子，最后

沈鹏先生为艺术馆题写了馆名

还是我让步了。撤掉第八卷绘画，文集就成七卷本了。还有两本与人合写的近百万字的文稿，我也不收入。这叫放弃，有些心疼，但放弃是一种解脱、一种超然、一种智慧。人生应学会放弃。放弃了，一身轻松。

"画集应单独出一本。"人们给我建议。他们认为我的画有自己的风格，不出一本太可惜。我向老家政府捐赠的文学作品和绘画作品三百多件，已由西泠印社出版社出版了一大

厚本。不再出画册，亦可以了。如要再出，可编印一本新作集存世。

与江苏画家杨明义通电话。这位从美国归来的才华横溢的苏州画家，画江南山水和桥，画得太有魅力了。他送给我的山水精品，我珍藏着，时不时翻出来细细品赏。

"周庄要给我建个艺术馆。"他向我透露。

"你的江南山水那么美，应该有个艺术馆长年展出，应该传承。"我说。我真心希望周庄加速建成这个艺术馆，在明义健在时建成。届时，我一定专程奔周庄去观赏，去祝贺。

昨晚漫斋高红悦发来微信，问"鲁老回京了吗？"因为我最后一次去漫斋时说过"闭关一个月"。一个月已过，朋友们惦念着相聚。

我回答她："还有十来天吧！"

看来爽直的老邢守口如瓶，没有透露我的"秘密"。

按理说，坦诚的人不应该说谎，但有时是不得已。

> 巴金说："长寿是一种惩罚。"文集出版之后，还有什么作为呢？老天又成就了这本书。

2018 年 7 月 24 日

昨晚接通知，叫晚上九时去放疗。

七时半走，八时多到达，九时半放疗结束，回到家十点多。这是回家最晚的一次。

躺下了，睡不着。翻阅报刊，见《文汇报》有大半版关于癌症的文字，就读了起来。这些文字都是讲如何早期发现和根治前列腺癌的。老人小便困难，往往归咎于前列腺增大、肥大，其实埋伏着的就是癌。我到八十岁后，小便困难，就认为是前列腺肥大，压根儿没有去想会有癌病。

近日有媒体报道，国外又有了治癌的新药，国家减免进口税，药价也降了，真是喜从天降，但只闻雷声不见雨点。

巴金先生说过："长寿是一种惩罚。"他活到百岁，肯定深有感触。人们都希望长寿。如果健康长寿，那是幸事。如果长寿到无法自理，活到老年痴呆，活到全身插管子，那就是受罪，是人生之大不幸了。有病当治就治，但绝不要为死亡的到来感到悲伤。

生老病死，是人生的自然规律。要不怕死，怕死也得死。健康时，不会想到死；老了，绝症缠身，就看得见八宝山了。人生苦短，苍天给你留一点时间，赶紧办你应该办的一切。

今日打开文集，又读了一遍自序。自序的最后一句："文集出版之后，还有什么作为呢？听天由命吧！"

按理说，文集出版之后，写作之类的事，就应洗手不干了。余生，叙叙旧，画画画，聊聊天，过神仙般的日子。人们说，人老了，应有个健康的身体，有点余钱，有几个知己，有个老伴儿相依，就是幸福的生活。我都具备了，眼看幸福晚年已来临，但癌君这个讨人厌的不速之客闯进来后，一切都改变了。

我犯了老毛病，开始写日记。我想，一个文化人，在脑子还清醒时，记下收到癌症死亡通知书时的心态，记下惊慌，记下无奈，记下惊慌之后的拼搏，记下面对死神的态度，记下一切心路历程。也许，这些文字，对生者还有一点启示作用。

绝症，使我产生了写作冲动，写下这厚厚的一本日记。

这部作品，是苍天恩施给我的。阎王爷有令，不写完这部日记，就不让你进阎王殿。

哈哈，人世间的事，真是太玄妙、太神奇了。

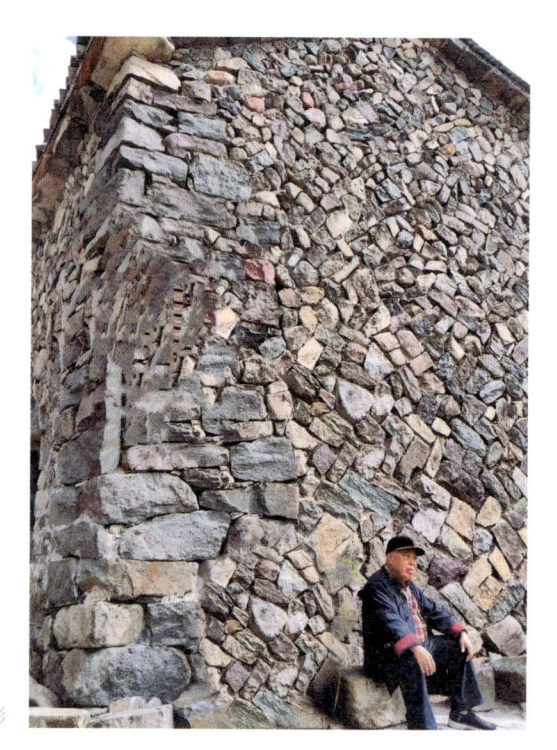

在老家石头村留影

病友哀叹进入治疗误区。文集应落到爱书人手里。

2018 年 7 月 26 日

今日进行第二十三次放疗。

昨晚尿频,有十次之多。好在尿过后我倒头便睡,睡眠时间少,但睡眠质量高,吃得也香。能吃能睡,使我不怵放疗。

今日在候诊室遇见一位七十三岁的病友。我们在走廊里作了一次长聊。他很忧伤地说:"我是走进治疗误区了。"五年前,他被查出癌,马上做了根治手术。根治了,他一身轻,不再打针,也不服药,谁也想不到五年后癌细胞已转移到淋巴，医生让他再来做放疗。做根治手术时，他压根不知道，治疗癌症还有放疗一说。他感叹："我做根治手术，动刀子，决定太仓促了。现在没办法，只好再放疗。"他指指远处一位病人，说："他刚做完手术就来放疗，好巩固巩固疗效。我什么也不懂，以为根治就真的根治了，太天真。如今，已转移别处，再放疗还有用吗？我看，我已治疗过度，遭受新的灾难……"他一直处于悲观、无奈之中。

今晨发出《鲁光文集》出版消息。"人民文学出版社近日推出七卷本《鲁光文集》，350余万字。文集收入了鲁光半个多世纪的文学作品。获全国报告文学奖的《中国姑娘》《中国男子汉》，荣获全国长篇散文奖的《世纪之战》，荣获冰心散文奖的《近墨者黑》，传记《沉浮庄则栋》《崔子范传》《我的笔名叫鲁光》，从国家领导人到世界冠军到文化艺术界知名者，200多位人物，汇集在他的这套文集中。他遵循文学是人学的原则，用质朴无华和生动感人的细节，描述人物的本真。最珍贵的是文集中收进了十余万字的秘密日记。定价980元。欲购藏作者签名本的朋友，请从速联系。"

这是一则不是广告的广告，转载者数十人。明确欲购藏者三五人。漫斋主说："微信已发出，点赞者多，购藏者少。估计等鲁老您赠送的人很多。"她说："鲁老，一定先不送，看看谁大气。大气购藏者,您给他写几个字奖励。"

"言之有理。"我说。

中国人求画要书的人太多了,都习惯了。名曰"求",求一幅字,求一幅画,求一本书。没有及时给,下回见面,头一句话,便是"你欠我一幅字!""你欠我一张画!""你欠我一本书!"唉,真是有理没处讲,谁欠谁呀?我也被求过。无论求字画,还是求书本,一般都是有求必应。秀才人情纸半张嘛!这次,为照顾出版社效益,我出资购买五百套,原打算做点公益之外,就放开送。反正,人生也就这么一回了。

金华的朋友相聚庆贺《鲁光文集》出版

文集太沉，一套就重六公斤。想起以往有的人求到字画就拿到琉璃厂去卖，拿到的赠书很快就落入潘家园旧书摊的现象，我反省了以前送画送书的不慎，决计不再主动送画送书了。有些跟着起哄者，是别人求我也求，不要白不要。这回，除去公益送书外，其他的就不想送了。文集应落到真正爱读书的人手里。

做什么事都得有底线。要有善心，但不能沦落为傻瓜；要做好人，但绝不做傻事。

也许会有人说我小气。说就说吧，反正懂我的人会理解，不希望让文集落到不爱书的人手里。

> 同窗沙叶新亡命写作，争夺生命。闯不过死亡关，但留下了等身著作。

2018 年 7 月 27 日

  我的老同学、剧作家沙叶新昨日走了。2008 年，他被确诊为胃癌。他的夫人江嘉华在电话中告诉我，已经中晚期。我去电安慰沙叶新，最后道声："沙兄，多保重！"沙叶新苦笑道："鲁光兄，保重有什么用，我也不知道癌症怎么会找上我。怕也癌症，不怕也癌症，没有办法！"他动了手术，胃切去了三分之二。前几年，回师大母校团聚时，他来了，人已瘦了一大圈，但精神头还挺足。他告诉我："我抓紧时间拼命写东西，一天写十二三个钟头，要把即将失去的生命抢

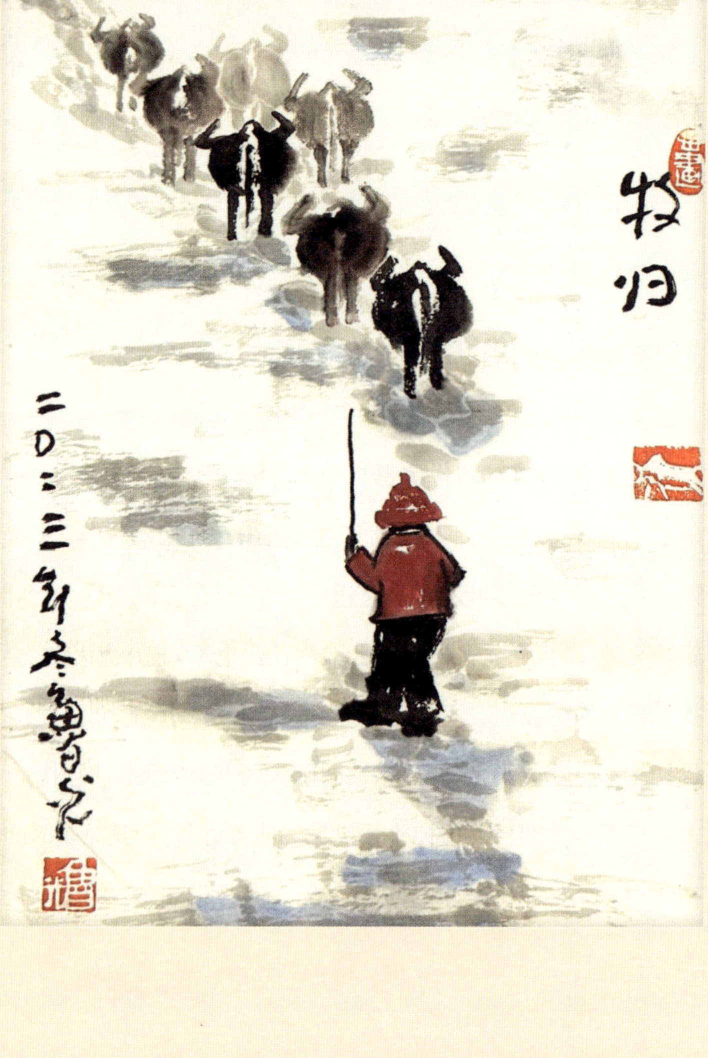
牧归
二〇二三年冬

回一部分来。"我劝他要多休息，不可太劳累，但他之所言所行，却使我深深感动。跟癌症抢时间，沙兄，好样的！

话剧《邓丽君》、《幸遇先生蔡》、长篇传记《张大千传》先后问世。我购回一本《张大千传》拜读，他把张大千的浪漫风流、奇才妙笔、辉煌创造，写得淋漓尽致。这些老到、流畅、优美而又幽默的文字，是从一个已至癌症晚期的沙叶新笔下流泻出来的。从2008年到2018年，十年时间，他写了那么多书。他是用写作忙，没日没夜地亡命忙，与癌症搏斗，去争夺残余的生命。

文集收不收我们俩合写的剧本《中国姑娘》，去年我打电话征询他的意见，打了不下十次才打通。他的声音已不响亮，而是沙哑、无力。他说："你自己一个人署名吧！我不署了……"不待我发问，他悲情十足地感叹："鲁光兄，我走到生命尽头了。我不怕死，怕也得死……"我说："沙兄，你不署名，我就不收到文集里去了。"

这是我与沙叶新的最后一次通话。也许，他接电话时已生命垂危。他想得很开，人都要走了，还署名留名干吗？拉倒吧，一切都拉倒吧！

用超忙和超累抗击癌症，也是一种心态，一种不把绝症放在眼里的心态。我和老邢，用水墨冲走癌细胞的心态，跟沙兄的心态，其实是一脉相通的。

我怀念沙叶新！他一生幽默，给人快乐，自己却常常处于痛苦之中。我曾调侃他是大众开心果。

患癌之后，他瘦得很厉害，但他逢人却说："黄皮肤、黄头发、淡褐眼珠，但红色中国心没变。"

他对死亡的态度："我不怕死。怕死也死，不怕死也死。陆陆续续，前仆后继都死了，怕它作甚？"

他感恩上海人民艺术剧院老院长黄佐临。20世纪80年代的一天，我与他在上海南京西路150号大门口有过一次长谈。他说，黄佐临一生没有介绍过别人入党，却要介绍他入党，让他接任上海人民艺术剧院院长。他很真诚地跟我商量："入不入党？当不当院长？"其时，我俩正合作创作电视连续剧《中国姑娘》，天天泡在一起。我说："入呀！当呀！"他忧心忡忡地说："入了党，批我就多一个层次。不仅党外批，党内还要批……"最后，党也入了，院长也当了。不过他在名片上印了一行字，"上海人民艺术剧院院长——暂时的。"他当了官，但头脑却非常清醒。

沙叶新，一生写了那么多剧本。《假如我是真的》，有肯定，有争议，有批评。之后他又写了《陈毅市长》，赢得一片赞扬声。他无怨无悔、潇潇洒洒地走了。谁也逃不掉死亡的一关。早晚都得死，活着就高高兴兴、充充实实地活着。

> 把《中国姑娘》一页一页烧在父亲坟前。在母亲病床前通宵守护。家庭的温暖、夫人的情爱，是我渡过磨难的力量。

2018年7月28日

本来，今天应完成放疗，谁知机器坏了，拖延了两天。胜利在望，我快新生了！一切应恢复正常。笼罩在我头顶的、弥漫在家人们头顶的悲情浓雾将消失。一切恢复常态，欢乐的常态。小女儿一家三口原计划去四川甘孜藏族自治州旅游，也因为我的治疗拖延了。我对小女儿说："放心玩去吧！有姐姐他们在呢！我没事了，癌症这个坏朋友，快被赶走了。"

小外孙李砚旭说："爷爷，你没事的！"

父母在,不远游,这是古训。我自己就没有做到。父母健在时,我去上海读大学,之后又来北京工作,没有尽到孝心。好在我的弟弟妹妹们没有离开老家,代我尽孝了。

父亲去世的前一年,我回去看望他。他去世时,我在湖南郴州采访中国女排,写作报告文学《中国姑娘》,赶不回去参加葬礼。为此,母亲埋怨我不孝。我回去给父亲扫墓,已是父亲走后一年。父亲读书不多,但很会讲故事。我是听他讲故事长大的,爱写东西也是受他讲的故事影响。如果父亲在天之灵知道他的儿子写了一本在全国有影响力的文学作品,肯定会很欣慰的。我带去一本《中国姑娘》,天刚亮,就一个人来到父亲的坟前,撕一页烧一页,把一本书都烧了,说:"父亲,我来迟了……"母亲临死前,我和夫人赶回去守护她。回京前,在东阳一家医院,我通宵坐在她床前。她知道,她已余日不多了,说:"你去睡吧!回来看过我就行了,我走时,不要回来了,你太忙。"又说,"你弟弟、弟媳妇都很孝顺,他们已守护我三个月……"我回京后三个月,她真的走了。三个月前,她问我:"一个同学给你写信,你没有回信?"我一时想不起来了。她说:"乡亲们给你写信,一定要回,否则人家会说你架子大……"我记住了母亲临终前的这个诘问和叮嘱。从那以后,乡亲们的每封信，我必回，每个电话，我必接。退休后，我在故里建山居，常回去居住，与乡亲们为伍，乡情永远。

看到好多病友，儿女在国外，无法陪同治疗。我的两个女儿和两个女婿都在身边。住家离我近，步行也只有不到十分钟。天天上医院有车送，次次有人陪，太知足了。我心里不安的是，太拖累儿女们了。

一个多月的放疗，是人生的一次磨难。

虽说我的放疗反应属正常范围之内，但一夜得起来十次八次，大便有感觉却拉不出来，肛门附近还偶有渗血现象。还有两次，就可"万事大吉"，转危为安了。坚持，再坚持一下。

家庭给我的温暖，是我能顶住放疗磨难的力量。

夫人心事最重，虽然不说，但我心里明白。她是刀子嘴豆腐心，嘴上不饶人，但不饶人的是我的那些毛病，忘吃药，不按时吃药，贪嘴，长坐不运动，生活没规律，想怎么着就怎么着，出门不整衣领……数落归数落，但该关心的都关心。见我的杯子里没水了，就给倒上。午睡起来，床头总放着一杯热茶。特别是这回，更变着花样调理一日三餐。为了增加营养，晚上还给增添一瓶酸奶……又让女儿买来我爱吃的蔬菜水果，水萝卜、黄瓜、老玉米……老来伴老来伴，她真是我的好伴，我同样是她的好伴。她文静，话语不多；我活跃，话也多。我是一个充满正能量的男人，我的开放心态，我的乐观情绪，正好弥补了她的少言寡语、低调个性之不足。而她的冷静，对人生的淡漠，又常常平抑我过热的激情。这种互补，使我们的爱情，使我们的家庭，和而不同，和谐美满。我的存在，对她太重要了。我意识到，我不仅为自己活，也为她活，为家人活。这种自我感觉，这种心情和心态，使我认识到我活下去的价值。

人生路上，有家人相伴是最幸福的

候诊大厅总是座无虚席，老面孔少了，新面孔又加入，等了一个多钟头才轮到我进放疗室。唉，患癌的人怎么就这么多呢？

2018年7月31日

每天晚餐少吃一点，放疗回家再加点，喝一瓶酸奶，吃一片面包。体重从一个月前的八十五公斤，降到了八十二公斤，减了三公斤。不能胖，也不敢减得太多。因为一个月前，量身定制了肚子的网套。胖了瘦了，都会影响放疗部位的准确性。

候诊厅，是病友交流的场所，但绝对不是一个健康的气场。癌症，根治了，又复发了，转移了……这种地方待久了，没病也会生出病来。

认真治了，就行了。抱希望，但又不可不切实际、盲目乐观。既然是根治了，那讨厌的癌病朋友，就被驱赶走了。永远不欢迎它再登门造访，但现实比信念残酷，只能听天由命。

> 特赦令。永别了，癌君。

2018 年 7 月 31 日

上了放疗台，医生说："你这是最后一次了……"

仿佛听到特赦令，心里特别高兴。

走出放疗室，匆匆坐上女婿的车，一路飞驰，一身轻松，我大声说："永别了，放疗！"

"爸，明天还来找秦大夫谈放疗后的注意事项呢！"女儿徐琪提醒我。

回家，洗了个热水澡，洗净放疗时的印记，换了一身衣裤。我要焕然一新。

赶走了癌症这个讨厌的朋友，把它永远驱逐出境，我获得了新生。2018年7月31日，是我新生的日子。凡患癌症的人，计算年龄，都从根治癌症这天算起，这是一个新生命的诞生日。八十多岁的我，变成一岁了。

应该庆贺一下，找三两知己，干上几杯。但想起，医生下的"戒酒令"，而且我封锁消息，至今也没有几个朋友知情，只好作罢。我铺上宣纸，挥毫泼墨，以画自贺。

高兴就笑

> 建军节，想起一位将军。秦大夫和亓大夫。八十老翁从头活。

2018年8月1日

今天是八一建军节。人啊，得有一股军人的精神和豪气。

前些年，见到老领导陈培民将军，他说："我这里茶叶很多，我就好喝你们南方的绿茶。"我给他送了点西湖龙井，他说："朋友还是老的好。"

陈培民将军的人情味很浓重。我这个人，文人习气重，虽然身在政治部，身为处长，但老逃会，跑到运动场去，与运动员、教练员为伍，深藏着"有朝一日写写他们"的私心。陈培民很宽容，只是说："你没有事时，还是应该参加会议……"他没有批评我，也没有硬性规定我这个处长必须与会。领导同志的包容使我产生敬意。在心里，我把他视为朋友，有什么想法如实禀告。如果有的领导趾高气扬或言行不一，他职位再高，我也只是表面服从，内心深处却是敬而远之。

陈培民九十大寿时，在北京烤鸭店举行了一个老朋友、老部下的聚会。

我应邀出席，画了一幅牛，送给了老领导、老将军、老寿星。

上午去北京大学第一医院放疗科找秦尚彬大夫。他是我的主管医生，大厅的简介中有介绍："中国医师协会放射治疗分会青年委员，泛京津冀食管癌协作组委员，《医院参考报》放射肿瘤学频道青年编委。擅长膀胱癌、前列腺癌等泌尿系统肿瘤，直肠癌，肺癌等恶性肿瘤的放射治疗及综合治疗。"与他同组的亓昕，也是主治大夫，是北京抗癌乐园前列腺肿瘤组秘书，擅长前列腺癌全程管理。他和她是高献书主任医师博士生、研究生导师团队成员。5月31日找高大夫看门诊时，高大夫把秦大夫叫过来，把我交给了这位青年医生。高大夫说："这是我的团队的青年医生，由他负责你的治疗，有事找他就行。他拿不定主意的，会找我的。"

秦大夫约莫三十多岁，敦敦实实的，戴一副眼镜，一到诊所就被病人及家属们包围。有一回，我见到他，突然冒出一句："秦大夫，少见！"他愣了一下，但很快就缓过劲来，问："有事找我？到诊室聊。"

机会难得，我连珠炮似的问了他一连串问题。

他说："你是我们治疗中反应最轻的一个。以后就三个月来打一针，一年做一次骨检查，正常生活，该干什么就干什么，该吃吃，该玩玩……"

徐琪问："我爸还能喝点酒吗？"她知道我好喝一点酒。

秦大夫说："少喝一点可以的。"

在走廊里，我又拦住他问："放疗根治了，为什么还要老打针？"

秦大夫回答："打针是强化治疗。有些癌细胞隐藏很深的，或一时未被发现，打针就是为了控制它们，对疗效有好处……"

我透露正写癌症病人日记。

"癌症不等于死亡……"我说出这本书的要旨。

"这个内容好，有机会给我一本看看。"他极感兴趣。

找他的人实在太多，一个上午，进进出出，忙个不停。

但他不急不躁,脸上总挂着微笑,忙乱中依然热情坦诚。我以为,这是一位有前途的青年医生。忙中不乱,忙中不急,做到这一点,不容易。

今晚,我发微信,对朋友说:"我新生了,八十老翁从头活!"

借建军节抒发豪情,我要永远活得像个战士!即使十年八年之后倒下,也要英勇倒下,含笑于九泉!

> 家人的爱，对丹青的沉醉，是我的制胜法宝。

2018年8月3日

　　静下心来，我总结了打赢放疗这场战役的经验。除去医疗条件之外，制胜法宝有两个。一是家人的爱温暖着我。找名医，朝夕陪伴，老太太变着花样为我做好吃的，使我吃好睡好。家，此时此刻显现了超人的正能量。一言以蔽之，面临死神，家人始终与我做伴，不孤独，有一个战斗集体为我的生命与死神搏斗。二是对丹青的爱好，使我忘了疾病，忘了一切，日夜沉醉不醒。从查出绝症之日起，我便开始整理旧画，补墨补色，救活数十幅，落款盖印数十幅。做自己最感兴趣的事，干自己想干的事，分散了我的注意力，淡忘了人生的不幸。我常常处在兴奋之中。

假如没有家人的爱，没有对丹青的沉醉，成天想己之不幸，念己之来日，悲伤、苦恼、绝望，那就没救了，真正的没救了。

向国际奥委会主席巴赫（左一）赠送我的画，右一为国际奥委会副主席于再清

我的《牛图腾》挂进了国际乒乓球博物馆会客厅。国际乒联终身名誉主席徐寅生（左二）与老友李富荣（左三）出席赠画仪式

文集装帧设计，高端大气。

2018 年 8 月 6 日

《鲁光文集》的出版，令人兴奋。红色的封面、烫金的手书"鲁光"两字，率真大气、端庄、提神，不愧为当今中国文学出版大社的精心装潢设计，我很喜欢。我当过出版社社长，很在意书籍的装潢，眼光很毒、很挑剔，但对这套文集的装帧设计，我除了"满意"两字外，没有其他评价。

刘剑影是有运之人。早不送，晚不送，偏在今日文集到家之日，给我送宣莲。宣莲，是武义的特产，也是历代的贡品。因与武义的王小玲结缘，常年有宣莲熬粥。快吃完存货,小玲就寄新上市的莲子来了。她寄到琉璃厂刘剑影处,刘剑影有空给送了过来。

我向她展示了文集,她高兴地说:"祝贺老师!"我打开第一卷,翻到扉页,用毛笔写了她和先生的大名,并落了我的款,盖了章。

"你走运,是拿到文集的第一人。"我调侃道。

她骑共享单车来的。送来一盒宣莲,带走一箱文集。

> 临碑帖是一大乐事。花鸟画近作出版。

2018年8月7日

放疗之后已有一周,放疗的副作用逐渐消失。真正消失,恢复正常,估计得半个月。

老邢打电话询问:"怎么样?老弟!"

我说:"没事了,顶过来了。"

他说:"想聚一聚了。"

"高红悦回西安探亲了,要月中回来。过了三伏天,凉快儿一点再聚吧!"我说。

老邢正在化疗。我说:"先安心做你的化疗吧!"

从昨日开始，每天临好太王碑。此碑直承汉隶，略含楷意，亦有草书写法，字体古奥，颇合吾好。

心静临写，笔动心悟，越写越放不下笔。再写些日子，我的书艺又会有些变化。

《鲁光花鸟画作品集》，高等美术院校教学范本，由中国文联出版社出版。作为出版条件，收藏了我的一幅八平方尺的牛画。那幅《大河大江任尔游》的新作，昨夜刚取走。今日打开微信，画作的图片已出现在老家画廊的微信上。神速，太神速了。画出手，进入市场，就由不了你，变成了金钱。江西人干这种事太多了。我曾对江西人说，中国书画市场的兴旺，你们江西画商是有功劳的。尽管我不赞成这种做法，但一些画商为了生计乐此不疲，无可厚非。十年前，故里一位友人从市场上买到两幅八平方尺的牛画，一幅四万，一幅有人物的六万。他拿来让我过目，是出自我的手笔。与我的市场价差距太大，但无可奈何。我为没有人物的那幅添了一个人物，收藏者心里乐开了花。成人之美，我为之。从北京到我的老家，有一条以画变钱的暗中之线。这就是市场，五花八门的书画市场！

张占鳌、甘珉郡将《鲁光花鸟画作品集》的一些画作发到网上，传播极快，点赞热烈。说真的，这三十来幅新作都是我自己中意的，让新作见见公婆亦是一桩好事。

> 舍弃，是一种心胸、人格、智慧。

2018 年 8 月 10 日

放射治疗结束已有十天，放疗的副作用已渐渐消失。夜里起身从八九次降到如今的三四次。大便已正常。顶过来了，一个半月的苦日子熬过来了。打了一场大胜仗。

老家的文化局局长丁月中说，成立鲁光基金会麻烦，市领导主张成立鲁光艺术促进会，政府每年拨一定的经费。他征询我的意见。我看得很淡，一切都是身外之物。我只管无偿捐赠，其他不管。

舍弃，是一种心胸、人格、智慧。牢记，一切身外之物，名利地位，统统舍去，轻轻松松走完人生的最后旅程。

另眼相看赵李红。送她牛画小册页。

2018年8月15日

放射的副作用已完全消失,一切恢复常态。

老邢来电询问,如实告之。他惊叹:"行了,顶过来了。"

红悦8月12日从西安返京,相约后天相聚。她说:"带几包文集过来,有人要收藏。我去车接您……"

下午,《北京晚报》赵李红来访,商议晚报如何宣传《鲁光文集》之事。

赵李红是一位优秀的编采人员。当年吴冠中先生在香港办画展,请了北京四五位记者,由于时间太紧,来不及办出境手续,大多未去成,唯独赵李红办了下来,去了香港。吴先生见她抵达,分外高兴。后来,吴先生与她成了忘年交。她爱好艺术,喜欢画画,去年九月,我与众弟子在琉璃厂办"南北草根醉丹青"画展时,她打算也作为我的弟子参展。她到我在亦庄的创作室画了一幅画,南方老房子,小桥流水,怀念吴先生。吴先生跟她说过,他走后,想找他,就去他的画中找。水乡的老房子,是吴先生江南水乡画的符号。李红画几笔老房子,思念之情浓浓的。可惜她的腰病犯了,

《北京晚报》编辑赵李红

躺在床上起不了身，无奈搁笔，错过一次参展的机会。她很善于发现有价值的东西，曾专门组织了两个版面的文稿和画稿，专题介绍我和我的牛画。通栏标题"属牛爱牛画牛做牛"，产生了强烈的效应。这次文集出版，她又想了个好主意，刊发我写沈鹏的文章《随沈鹏先生台北故宫看展》，同时刊登文集的图片。既有可读性，又突出了文集问世。好点子，我这个老报人，对她的编辑才华都另眼相看。

左起：鲁光、何韵兰、赵李红

李红说，明年《北京晨报》等好几家纸媒要停刊。有人说："我没有败给同行，我是败给时代。"随着现代科技的飞速发展，败给时代者愈来愈多。不进则退，千真万确。

我在文集的第一卷扉页上题了字，落了款，盖了章，送她一套留念。这些日子，我画了几本小册页，全是牛题材，我给她留一本。她翻开观赏好一阵，说："太珍贵了，我珍藏。"

艺术追求无止境。首批获赠文集的人。结识几位大学校长。

2018年8月16日

清晨早起,铺纸作画。

八平方尺宣纸,竖画,画了五头墨线牛,浓墨焦墨造型,拙朴厚重,别具风格。画成后,我又用淡墨在五牛身上轻轻蹭擦,使五牛更具立体感。中国画学会在中国美术馆已举办两届学术展,我两次送展作品均与众不同,第一次送展作品是以红烛为题材的《生命》,第二次是一头写意大牛。提前作些准备,第三回再展,我将送以书法入画的五牛图。绝不与他人同,也不与自己同。"低调做人,高调从艺"是我为人为艺的原则。在艺术上，追求永无止境。

九时多，红悦开车过来。我事先题签了三套，一套送邢振龄，他已急不可待。一套送《书摘》编辑部主任林凯，他说："《书摘》发，让《光明日报》再发一篇书评。我再为上海《文汇读书周报》写个稿……"林凯是漫斋常客，我们多次一道品茶聊天。他好书法，收藏有品位。题错的版本、画坏的修改过的画，都收藏，是一位懂艺术的文人收藏家。还为红悦题签了一套。送她的书、画册，必须写上她或她女儿杨紫的大名，否则留不住，谁人见了就会抄走。

漫斋无俗客。今日遇见了几位大学校长，其中一位是北京语言大学校长刘利先生。他好书法，时不时逛琉璃厂，与他同行的还有北京师范大学经济与工商管理学院院长赖德胜先生。漫斋是他们驻脚的地方。

我正打算给京城的几家大学图书馆赠送文集。一说，几位校长都很乐意收藏文集。聊得高兴，我和老邢即兴为校长们作画。红悦提供老宣纸扇面，我们就即兴涂抹。刘利带来几幅书法，挑出一幅回赠我。以书画会友，再雅不过。

癌君被驱离。一生好酒的舅舅九十九岁去世。

2018年9月5日

放疗结束已一个月，去北大医院验血、打针。

据说，今日长安街分时段交通管制。起个大早，一路畅通，不到八点就抵达医院。

tPSA指标已降至正常值，停服康士得药片。

讨人厌的癌友被驱逐出境了！从今往后，永远不再理它，把它彻底忘掉。

老家来电告知，我的舅舅应法根今日去世。

三个月前，我在老家，去医院看望过病危的他。

鼻子罩着呼吸器,双眼紧闭,呼吸困难,无法言语。我们是接到病危通知书去医院的。我在床边说:"舅舅,我从北京回来看你……"

他的手动了动,表示知道了。

他健壮一生,干活一生,好酒每天。九十九岁,他衰老倒下了。应该是长寿了,但最后还得过生死关。舅舅好酒在家乡是出了名的,米酒一天五斤,五大碗。我曾与他痛饮一天酒,醉倒没醉,但到晚上感到不舒服。七年前,他得了膀胱癌,戒了酒。我和弟弟们去看他时,小弟逗他:"舅舅,你跟我们说过一生不戒酒,怎么就戒了?"舅舅说:"还是命重要。"他种了半亩地的菜,每天下地干活,还到处捡破烂。我说:"舅舅,你又不缺钱,干吗要那么累?"他说:"人要动,不动就起不来了。捡破烂,用你们的话讲,不就是搞环保吗?"脑子是真清楚。他走了,但并非死于癌……

舅舅走了,无怨无悔地走了。我回不去为他送葬,我祈愿他到了天堂能继续喝他喜欢的酒。

> 文集首发式别具一格。老友难得相聚。

2018年9月20日

下午,在中国现代文学馆举行《鲁光文集》首发式。

我的原则是简约、低调、有品位。两个女儿都建议,首发式不搞发言。一发起言来,刹不住车,时间会拖得很长。夫人也劝我搞得简单点。她不参加,但关心怎么办。小女婿出了个好点子。他说:"会上,朗读你写他们的文章片断,这样不落俗套,有新意。"人老了,心气也不高了,听从家人们的意见。

首先是请参会的人。体育界的请了五位,破女子跳高世界纪录的郑凤荣，足坛老将年维泗，羽毛球世界冠军、国际奥委会委员李玲蔚，中国女排老队长曹慧英。文学界的，请了陈建功、梁衡、周明、王贤根、红孩。媒体界请了林凯、赵李红和《中国体育报》及腾讯网记者。政界的老朋友，请了全国人大常委会委员、致公党中央原副主席杨邦杰，全国政协教科卫体委员会副主任常荣军和一位海军中将。画界朋友，请了谢志高、邢振龄。特别邀请北京体育大学传媒专业教授薛文婷率领艺术系的一男一女两位朗读者，还请了中国国家图书馆和首都图书馆及清华大学、北京大学、北京师范大学、北京体育大学、北京外国语大学等大学图书馆的朋友，总计三十余人。主持人是作家范承玲女士。

《鲁光文集》首发式在中国现代文学馆举办

画友邢振龄送画祝贺《鲁光文集》出版

她刚年近六旬，衣着时尚，很显年轻。这位贵州女子话语敏捷、主持灵活，一点儿也不逊色于那些专业主持。我为这个成功选择而高兴。

只有我一个人讲了十来分钟话，介绍文集编辑出版过程。捐赠文集也用不了多少时间。郑凤荣快言快语，喜欢讲话，会前就说："不让我讲话，剥夺我的发言权。"我说："发言肯定说我的好话，我这把年纪了，也不想听好话了……"她一阵放声大笑。

北京体育大学的两位朗读者作了充分准备，声情并茂。李玲蔚当夜发微信给我："听了朗读写我的那段，回想起当年的生活，我两眼湿润了。"朗读了我写过的六位在场者，效果极好。

三时开始，四时结束，简约但丰富，别具一格。

我又应邀签了十多套文集。四时多就散会。

定了晚餐，还备了茅台酒，但没有特意留客。不走的朋友，我们品酒欢谈，轻松又欢悦。家人的参与，使我打破了常规，首发式免落俗套。

老邢特意创作了一幅老牛拉车的画，车上堆满了书，庆贺我的成功。即兴创作，是他的拿手戏。

海军的一位朋友送我一顶辽宁舰的军帽。在我心中，这是一顶幸福帽。今年戴，明年还戴，一直戴下去。我看，还有哪个坏朋友敢靠近我、侵袭我。哈哈！

新华社发通稿评述文集。"鲁光作为这几十年中国体育、文学、书画发展的亲历人,以自身的作品成为这个时代的见证人,而这些见证和记录都在《鲁光文集》中留存下来。"

2018年9月21日

我和两个女儿还有小女婿去参加文集首发式时,夫人调侃道:"再去风光半天吧!"我请她去一道风光,她不去,但心里惦着首发式。"风光半天",过去两天了,我仍然沉浸在那个简短又富有创意的首发式成功的喜悦中。中秋节前,有这么一次老朋友的聚会,心里特别舒畅、特别欢乐。

老家的朋友急不可待地欲收藏文集,打听我什么时候回去,这促使我着手安排回乡日程。

观中秋雅集画展。见刘勃舒坐轮椅，悲从心起。晚餐聚会陶然亭。

2018年9月23日

下午，赵李红来接我，一道去国家画院参观刘勃舒、何韵兰、何钟台中秋雅集画展。

当年，刘勃舒主持中国画研究院时，这里是我常去的地方，结识了一大批书画国手。自从改名"国家画院"后，就没去过一次。

1997年，刘勃舒主持过我的个人画展，说我一下子从画坛冒了出来。这是我步入中国画坛的一个大平台。在我画展闭幕的那天中午，美国摩托罗拉公司老板来参观画展，当场购买了我的13幅画的一次性版权,并与中国电信合作,推出了我的第一本挂历《97鲁光画集》,赠送给摩托罗拉的中国和世界客户。我的花鸟画作品,从此走上市场。

画院的格局并无大的变化。门楼是新的,展厅还是分一层和二层。刘勃舒主政那么多年,尽给别人办展,自己从来没有操办过一次画展。这是他第一次在自己工作过的画院办展,马、鸡、羊,一生的艺术精品尽数展出。刘勃舒是徐悲鸿的关门弟子,以画马见长。他以书法画马,这使他的马独具特色。他画的鸡,也与众不同,给人一种全新的感觉,写意性很强。最可贵的是,他管理着国家画院,却从来不炒作自己,时时不忘发现新人、培养新人,是当之无愧的伯乐。何韵兰的画风与她先生刘勃舒迥然不同,应属于现代彩墨印象派,画作时尚现代,但不失传统。何韵兰的弟弟何钟台,我们是头一次会面。他陪我观展,热情地介绍自己的写意画。他的作品,以梅花为主,还有一些柿子树,大气,不落俗套。他说:"我这个人画画,不随大流,是有个性的,有追求的。"虽然他的画展出不多,但已印证了他的自我评价。

《北京晚报》已用较大篇幅刊登过刘、何夫妇的介绍和画作,赵李红说:"不能重复登,得找个新角度。"我即兴说了一些想法。三个人都忙自己的事，无缘在一块相聚，更无机会一起办展。如今都已进入老年，勃舒八十四岁，何韵兰八十二岁，何钟台也年逾七十，恰逢中秋佳节，用一个展览来团聚，与朋友分享团聚的欢乐，对艺术家来说，是最有意思不过了。李红很赞同我说的新闻角度。

刘勃舒坐着轮椅穿行在展厅，他已半老年痴呆，多数情况下已不认人，有时连我的名字都叫不上来。有朋友请他签名，他拿着笔写，老下不去笔，几乎写不成字……看到长我两岁的老友衰老得这么快，悲从心起。

"晚餐，准备了。"何韵兰留我们。但我们还是提前告退了。人太多，我们得为朋友着想。

与我相约前来观展的小影，请我和李红随她一起去陶然亭晚餐。苏振亚、刘剑影夫妇从天津蓟州区赶回来，快七点半了，我们才入席。

小影是刘剑影的学生，也是同乡。她说："鲁老，我老想请您吃一次饭，今天总算如愿了……"

我调侃道："你请了你的老师夫妇，又请了师爷我，还请了《北京晚报》的名家版主编赵李红，值呀！这桌饭，请得太值了。"吃人家的，不谢，还有理，也就是我这个老顽童！

李红驾车送我回家,我心有不安。她说:"我愿当你的司机。"

回到家已九时半。大半天,尽在艺术中、在友情中,虽然没有喝酒,但有醉意。中秋前夕,过得多充实、多有意思呀!

与老友相聚最喜悦(左为何韵兰、右为詹忠效)

张占鳌为我立传。下榻金华北山鹿湖山庄。小女孩写给我的信。

2018年9月26日

过完中秋的次日，晨五时起床，画了一幅《鸡之初》。

上午九时许，从北京南站乘高铁回老家。尽管有癌君来袭，但没有影响我每年春秋回老家的计划。

昨夜，夫人见我装备行装，又调侃了我一下："你又要风光一个月了……"

同行的有《人民日报》高级记者张占鳌。他要为我立传，写一本传记。我们打算先躲到金华北山的一家宾馆，放开神聊，聊童年，聊工作，聊朋友，聊退休后的日

与获得鲁光艺术奖的小朋友合影留念

子，聊余生……然后下山，看看金华风物，看看我老家的村子，参观我的艺术馆，见一些老人……其实，刚上了列车，我们已聊开了，六个多小时，断断续续聊。旅途没有往日的孤独，时间飞逝，不知不觉已到达金华。老友张剑萍、甘珉郡来接站，居然还送了一大束百合花，香气袭人，把旅途的一点劳累都赶走了。宾至如归，真是回到老家了。

我们驱车上山，车过著名的景区双龙洞，一直往上往上，在鹿湖山庄停了下来。

晚餐时，甘珉郡交给我一封折叠得很讲究的信。信是一个八九岁的小姑娘写的。这位小姑娘是小甘画廊的邻居。前些年，我去画廊作画，小姑娘就跑过来看。有一天，她突然说："爷爷，你们画家怎么这么容易就画一幅画，我们可难了。"我一瞧，是一个个头比桌子还矮的小女孩。我有些吃惊，人小口气怎么这么老呀！我和她开始交往，有时教她画几笔。小甘说，这小孩可有意思了。有时，她跑来帮我干活，拿起拖把帮我拖地。老问："鲁光爷爷什么时候来呀？"有一回，她家店里来了一批客户，她就跟他们说："你们去隔壁画家阿姨店里看看，有好多鲁光爷爷的画，画得可好了，去买一张吧！"小小年纪，当起了推销员。

白皮信封上，正中写了四个字"旁人勿看"，右下角有行字"王宇程给鲁光"。内里，用黑色圆珠笔画了各种房子。正中画了一个正方形，写了双线字"鲁光爷爷我爱你"，还画了一头牛。一位不起眼的小女孩，有自己的情感和喜好。童真童趣无邪，可爱。

我将此信珍藏了起来。

神聊三天三夜。游双龙洞。范曾说书体变法。北山观景。

2018年9月29日

  三天三夜谈下来,该问的都问了,该说的都说了。占鳌一时提不出问题,我们改变原定计划。我说:"接下来,到金华我退休后生活过的地方走一走,与我结识的朋友聊一聊,然后去老家走访走访,增添一些感性的了解吧!"

  双龙洞,老一辈作家叶圣陶浓墨重彩写过,中学语文课本把它收进去作教材了,我们住在洞顶的山庄,占鳌又没有游玩过,不陪他看看,是说不过去的。这次占鳌出来,走路腰一挺一挺的,双脚一高一低的,挺费劲。他说:"没事,腰有点儿小毛病。"

"能进双龙洞一游吗?"我征求他的意见。

"去呀,一定得进去一游呀!"他很肯定。

我把学生李世平和浙江师范大学教授杨尔请上山,陪我们一起游双龙洞。洞门口,有叶圣陶的文稿《记金华的两个岩洞》,是我的老乡、义乌书法家金鉴才抄录,刻在一方巨石之上。叶老的铜像和一个学子的铜像就坐落在这方巨石前。进门得坐船,而且必须躺卧着才能进去。像我,还得吸口气,使肚子瘪下去才不至于碰到洞口的岩石上。双龙洞内还有一个洞,叫冰壶洞。冰壶洞长年流水哗哗,我一直好生奇怪,那瀑布似的水流来自何方?洞里,灯光梦幻,脚下石路潮湿打滑。李世平扶着我,直喊:"小心路滑!"忽然间,我的身后传来一声巨响,占鳌摔倒了,还好未受伤。我们用手机拍了一些相片,人是绝对照得模糊不清的。冰壶洞很陡峭,登爬费力,出洞口时已是一身汗水。记得2000年炎夏,我曾陪范曾兄一道游过此洞。景区领导找我,想请范曾题字留念,我让他们在洞口外摆放书案和笔墨。

出得洞口,我和范曾皆大汗淋漓,衬衣紧贴身上。女服务员端来茶水。

"范兄,他们想请你题字留念。"我说。

范曾呷了一口茶,拿起笔,即兴题写了"一片冰心在玉壶"七个大字。这年,范曾书法已一改一笔三抖的写法,七个大字皆雄健、沉稳。我禁不住说了一句:"范兄变法了。"范曾笑道:"年纪大了,不应再玩深沉。"我问他:"练什么帖?"他说:"看看古人的字悟悟就可,到这个岁数,不必再去临摹了。"他夫人楠莉曾担心范曾书法一变,别人不认账。范曾说:"不认就不认,我变定了。"

这是十七八年前的事,我给占鳌叙说了一遍。

今夜是住山上的最后一晚。我们在楼顶长廊里闲聊了一会儿。眺望远处,婺城灯火全在眼中,璀璨一片。难怪剑萍一再说:"北山观景,是个好地方。"

文化老街古子城。黄宾虹公园。汉字渊。
大家艺苑会老友。半壁江山素餐。

2018年9月30日

世平驾车接我们下山。

一早,我们先到金华的文化老街古子城。星期日,是闹市。四面八方的商贩云集古子城的大街小巷,到处都是地摊、旧书摊、玩石摊、陶瓷摊、书画摊,总之,什么摊位都有。我客居金华时,几乎每个周六周日都来这里淘宝,砚台、印章、民窑、奇石,见到喜欢的就买。我有一条经验,老的、古的,一律按新的买。经行家过目,还真淘到几方老砚。金华的文化人,还有些好书画古玩的"官员",都会来这

与张占鳌在古子城逛街

里溜达。其实，不买什么，走走看看也养眼，也长知识。

　　地摊上，我见到一个土陶，褐色的，黑图纹。猪纹陶罐，我一眼就看中了。卖陶罐的是一位女孩，黄布裹着头和脸，明眸只露出一半。本想买下来，又一想，买下何用？我已到了该弃该舍的年龄，买任何古玩，都会加重负担。我观赏了半天，未出手，但我拍了图片。明年是猪年，古人就将猪画到陶瓶上，说明猪是大福之物，喜庆。我要画猪，画古陶猪，泼墨泼彩的激情充盈着我的心胸，我有了创作的冲动。

　　在另一个摊位上，我看中了一个小竹筐，方中带圆，造型、工艺都大拙带雅，极有品位。摊主要价60元。未等我出手，同游的杨尔教授已抢先付款拿下此筐。中午，李世平带我们到一家私房面馆，物美价廉。土面，调料私制，口感极佳。以前，我们已来过几次。这回，是为了让北京客人占鳌品尝一下，对金华美食留个印象。临别时，杨尔将竹筐送给了我，原来他是为我买下的。不好推辞，我留下了这个小竹筐，我要将它带回北京，摆放在窗台上，朝夕观赏。它会给我一种浓烈的乡思，给我一种难得的艺术享受。舍得舍得，有舍才有得。我将数千本图书、上百幅画和自己烧制的婺州窑陶瓶，送给故里政府，陈列鲁光艺术馆。此时，又收下了这只小小的竹筐，去陶醉乡土艺术。这就叫人生！

　　午后，甘珉郡陪我和占鳌游览黄宾虹公园。

　　小甘原是黄宾虹艺术馆的办公室主任，负责接待八方来客。2000年前后，我退休回老家，常落脚艺术

带着乡思的小竹筐

馆，结识了艺术馆的三位创始人：葛凤兰、赵杰、王志忠。只要来金华，就下榻艺术馆二楼客房，受小甘多方照顾。金华三老邀我当艺术馆首席顾问，帮他们策划书画活动。我们邀请范曾、刘勃舒、何韵兰等书画名家来馆办展览，还举办过黄宾虹艺术奖评奖活动。一时间，黄宾虹艺术馆成为江南的书画热点。在这个婺江半岛上，我接待了老朋友，又结识了许多新朋友。三老还为筹建我的五峰山居出过大力。品茶、饮酒、神聊，我与三老结下了深厚的友谊。后来，艺术馆因故停办，葛凤兰、赵杰先后去世，如今只有王志忠尚健在。

我已多年没有进黄宾虹公园，每次车从通济桥上驶过，都会深情地多望几眼这个有传奇故事的公园和园里那座古色古香的徽式建筑。今日，由小甘领我们重访旧地，又想起了一切往事。我直感叹："物是人非。"

我们从清风楼到艺术馆，从黄宾虹铜像到汉字渊，边走边向占鳌介绍发生过的故事。我们驻足在汉字渊长廊里，浏览着墙头的汉字碑，又想念起三位老人。他们在荒岛上建成艺术馆后，想再为公园和艺术馆增添些文化景观。正好我的老友、现代书画家古干兄来婺。众人一拍即合，建汉字碑，传承书法艺术。同游的浙江师范大学教授杨尔，是当地的书法名家。他仔细地品味每个碑上的书艺,最后驻足在我的《汉字渊后记》碑前。我的这篇左书,记录了建碑过程。我感叹:"如今,十六七年过去,这一切都成历史了。"

晚餐前,还有点时间,我们去坐落在宾虹路上的大家艺苑品茶聊天。知道我来金华,年已八十又八的王志忠从家赶到画廊,与我们相聚。画家朱介堂也赶过来看望我们。

朱介堂,上海人,浙江美院毕业后,一直寓居金华。经历坎坷,不太与外界交往,深居简出,一门心思从艺。他的油画,他的山水,都是不落俗套的上乘之作。与我相交,还有一个小故事。2001年,大家艺苑在古子城开张时,有一个画展,朱介堂正在逛街,王志忠请他进画廊看看画。介堂不以为然,不想看。王志忠热情推介:"有鲁光的画。"介堂打听鲁光是何人,老王介绍了我的情况。朱说:"当官的,没有好画。"经不住王志忠这位老文化人的热情招呼,介堂进屋观展。其时,我有一幅大不盈尺的小品《生命》挂在展室里。《生命》,以红烛为画,红红火火,重重叠叠,颇具冲击力。介堂驻足画前,久久观赏。

事后,他不止一次对我说:"那幅小品,震撼了我。我

汉字渊后记

将荒羊岛建成公园和艺术馆,并借重宾虹大师之名,为鹭城增光添彩,实乃智者之壮举,葛风兰、赵杰、王志忠等数位当地文化老人乃此壮举之倡议者和实践者,公园落成之后,他们又思索如何再添加文化景观,吾友古千恰好自京来鹭此公乃中国现代书画学会首任会长,对汉字和书法颇有研究,他提议建汉字碑,办人增加知识,众人一拍即合,经再三推敲,定名为汉字渊,古千先生不仅撰写前言和艺林合璧联,有情缘,展塑的各种笔法,而且还找我书写师尊题匾额,才有此字缘,是为后记。

二〇〇二年仲夏启书于京城鲁光

多年想追求的传统中国画的现代化,被你解决了。"而且反复说:"对不起,对不起。"前些年,他为我画了一幅油画肖像,我将那幅红烛小品回赠他。他说:"夫人将它挂在卧室里了。"

见了两位金华老人,占鳌不虚此行了。

晚餐,在半壁江山茶馆,素食。十来位金华老友都来相聚。我们用餐的那间屋,是茶馆中最大的一间。古色古香,但更有特色的是顶棚上的那幅十来米长的荷花图。透过柔和的灯光,那印象派的荷叶荷花,便呈现出神奇的图像。占鳌久久仰望,直叹有品位。其实,那是我的手艺。茶馆老板鲍先生颇有艺术品位,不知从哪里寻来那么多的旧木窗、旧石缸,把一个茶馆装点得像一座艺术馆。前几年,他别出心裁,要用画装饰茶室顶棚,请我在麻布上作画。我从未画过这种画,但出于情谊我画了,效果出奇地好。我调侃道:"别人给我十万元,我也不画。"这叫情谊无价。

话说回来,鲍总也待我不薄。每次听说我来金华,都必"请客",而且一请就是十来位"客人"。半壁江山,已成为我的一个落脚点。

青年企业家的文化梦。他想请梁衡去写树。看过我的艺术馆才能真正读懂我。

2018年10月1日

早餐后,永康老板应刚建驾车来宾馆接我们。今日去武义观赏他的山林庄园——白革小院。同行的,还有甘珉郡、李世平和杨尔。

"今天是国庆节,上山到白革村的人多,车挤。"刚建提醒我们早出发。

白革村是武义的一个山村。那儿有一片古树林,有不少珍稀红枫。刚建的庄园就在那片古树林中。这位只有初中文化的青年人,一度把企业办得很辉煌。他找我谈理想,一直聊到深夜。他想打造一个书画桃花源，找我当顾问出主意。前些年，因胃口太大，资金链断了，负债累累，跌到了谷底。曾被追债人逼进监狱，但他直面困境，坚韧地重新崛起。他看中国女排比赛，深受感动和启发，给我发微信："我要学习女排精神，不服输，我要绝地反击……"到今年，他终于重新站起来了。上山的车真多，我们一到达庄园，他立马叫司机把车开下山，再过一会儿，就堵得开不下山了。

庭院里，古木参天，我们在树林中一块高地的木桌旁坐了下来。空气新鲜，树木发出的清香弥漫院落。

"我把梁衡的散文集读了三遍，他是写树的高人。"刚建说。

"梁衡，我们是朋友。他才思敏捷，他的散文有深度，文笔也好。"我没有想到，这位农民企业家还读了梁衡的书，而且一读就是三遍。我为梁衡有这么一位老板粉丝而高兴。

"鲁老师，我的理想依旧，我还想做文化。我想把这里办成书院……"经受了这么大的挫折和磨难，他还是想与书画、与文化结缘。

"能否请梁衡老师到这里住些日子，写一写这个古村落的古树木？"建刚不失时机地说。

我答应了他。我说："回京后，将这里的所见所闻告诉他。我想，他一定乐意接受邀请的。"

他困难时期，我来过这里一次。那时屋门紧闭，墙上挂的书画破损不堪。庭院、房屋抵债给银行，正在被拍卖，多家企业看中了它。我同情刚建的遭遇，在夜色中伫立良久，不胜感叹。但刚建倒下又顽强奋起，今日终于渡过难关。庭院里的房屋，正在重新装修，一个别致的书院即将诞生。我庆幸他的再次崛起，赞赏他的文化情怀。

我们穿过重重叠叠挤满小车的山道，来到水库边的工地，在一个露天的亭子里，吃土菜。不远处，正是刚建正在建造的房屋。到明年，上百间房屋将奇迹般地在库边岸上耸立起来。

"我要吸收上百位文化科技人才入住。我的任务，下半生的任务，就是为他们服务。"刚建又叙说起他的文化梦想。

我不得不赞赏这位年届不惑之年的企业家的理想主义。

"超前！"我赞赏他，同时提醒他，牢记以往的教训。

午后，我们启程去永康。行车半个钟头，我们来到永康市博物馆。我想让张占鳌先去看看我的艺术馆。

沈鹏先生书写的"鲁光艺术馆"五个大字，显现出艺术馆的品位。铜铸的五牛形象，彰显出艺术馆的底气和正能量。三百多件手稿、文学图书、书画，浓缩了我的大半生。

艺术馆设在博物馆,最大的好处是观众多,不冷清。一年的流动观众达一二十万人次。不看我的艺术馆,就不能真正了解我。只有熟悉我,又熟知艺术馆,才能真正洞察我的人生。

晚上,我的大弟一家为我们接风。家宴结束,我和李莹已回山上,占鳌还不上来。他要与我的家人们多坐坐,多聊聊,从我的祖上了解我。

他说:"你曾祖父是民间艺人,唱道情的。"从曾爷爷唱道情,从我父亲会讲故事,到我会写书,他仿佛找到了我的文学遗传基因。他的采访,下了大功夫。

山居庭院。我出生的老屋。老祖母的最后诘问。徐氏宗祠。

2018年10月2日

清早,张占鳌就在庭院里散步。古树、山塘、修竹,流水声、鸟鸣声,入眼入耳。用餐了,还不见他进屋。无疑他已沉醉在山村的美景中。山居建成不久,我就邀请他们一家来小住过几日。碰巧,我痛风病犯了,无法陪他们一家外出游览。这几年,我的这个毛病已消失,腿脚灵便了。

"我陪你到村里走走。"我们结伴下山,沿着老村的老街道往村里走。碰上儿时的玩伴,招个手,停下来说几句话,不一会儿,上街沿就走到尽头了。我们拐进下街沿,见到前后两排连体结构的老屋，我说："这就是我家的祖屋，老祖母住的老屋。"窗棂上尽是破纸洞，透过破纸洞望进去，尽是堆积的已倾斜或倒下的旧屋梁柱。村干部说，再过几天就全拆了。我庆幸还能与老屋见上最后一面。

"我就出生在这间老屋里，是祖母接生的……"我回想往事，并告诉占鳌。

在老屋门口，我站立良久。我回忆最后一次见到祖母的情景：她孤独地坐在一张竹椅上，双眼视力很差，老用手擦着不停流淌出来的眼泪。这年，她九十岁。她问我："有地狱有阎王爷吗？"我说："没有的。"她宽慰地"嗯"了一声。

"钱是井中水，不用老那么多，用了又会渗出来的。"她用井水比喻花钱之道，形象深刻。这是一个农村老妇人的至理名言。

在老村的明堂里，一位儿时的伙伴迎了上来。我们久别重逢，紧紧地拥抱在一起。我拿起墙根的一把锄头，扛到肩上，与老友合影留念。

到了老祠堂大门口，大门紧闭。大门上方，是一方刚砌上去的条石。条石上的"徐氏宗祠"四个大字，是我在北京写就寄过来的。本不署名，但村里人说要署。我本名徐世成，宗祠题字的匾额应落款本名，但村里人让我落款鲁光。

他们说，鲁光叫响了，是我们徐家的光荣，署本名，反而不为人知。我随村里人的意。又写了一张大字，"徐氏公祠"，落款徐世成，挂在祠堂正厅，弥补了一个不足。祠堂刚刚修好。村支书很高兴地告诉我，祠堂里的二三十根石柱，都是原来的，而且全都用上了。原汁原味，祠堂的品位保存下来了，实属不易。我小学一二年级是在这个祠堂里读的。三年级去隔壁墁塘村校读的，教室也设在祠堂里，老师是我舅舅。小学四五年级，我去胡库镇上读的，叫崇本小学，那个祠堂就是胡公祠。方岩的胡公，祖居在胡库。

见到儿时玩伴分外亲

祠堂都是各地旧时的课堂。眼下，各地修葺老祠堂，作为当地的文化活动场所。看来，这是一种文化传承。

我出生的老屋、我读书的祠堂、我儿时的放牛伙伴，占鳌都见到了。怕国庆节后返京车票紧张，是夜，他用手机抢到了一张3号从永康南站返京的动车车票。

楼国华尽兴挥毫。我赠他牛画。他喜欢『站着是条汉，卧倒是座山』的题字。

2018年10月8日

夜，应邀为樊登读书会讲述人生阅历。接到徐小飞电话："楼书记在我这里，请你过来。"我匆匆赶到总部中心，去会楼国华。

在小飞的书画室，楼国华身穿深蓝色的T恤，边唱边挥毫，谁都知道，他的字是激情字。来了精神就龙飞凤舞，一气呵成。

我进去时，他已写就一张四尺整纸的书法。

"择高处立，就平处坐，向宽处行，发上等愿，结中等缘，享下等福。前贤留此句，今人共赞叹。戊戌秋月楼国华"。见我进来，他放下笔，与我拥抱，感情真挚。

楼国华从浙江省林业厅厅长位子上退休。他曾在永康担任过市委书记，为人正直，有魄力。

我主动画了一幅牛，题上"站着是条汉，卧倒是座山"送给他。他赞赏这十个字，说从牛画中能找到他的性格影子。

民国时期，永康民间出了一位书画家应均，到南京办展览时，受到于右任的赞赏。徐小飞热心故里文化传承，收藏了大量应均书画，拟建一座展览馆展示藏品。他嘱我题写馆名。我写了两张"应均艺术馆"，选出一张较满意的留下。

楼国华今晚心情好，也许多喝了几杯，边唱边写，停不下笔。我因要赶回乡下山居，就先告辞出来了。

> 我的大画《中国牛》落户铁牛集团，是最佳归宿。

2018年10月11日

下午学生徐美儿来山居看望我。一年前，我在金华大家艺苑办了个小品画展，筹集《鲁光文集》出版资金。美儿来山居，说："老师，画我就不买了，这笔钱给你出书用。"文集出来后，我给她带了几套，她今日来取书。

今年在中国美术馆展出的《中国牛》大画，我带回老家了，有意赠送给她。记得我刚画出来，还挂在山居墙上，她来看我时，就上前拥抱那幅纸上的大牛，而且亲了它。我知道她深爱此牛的原因。

这对夫妻，也是人生如牛啊！我这次画的牛，厚实壮硕，脚踏实地，又牛气十足。我一直在想，展出之后如何处置，送美术馆？送博物馆？最后，我还是决定送给美儿，送给他们的铁牛集团。画上的题字"站着是条汉，卧倒是座山"，也是"铁牛精神"的写照。仔细回想起来，铁牛精神，也许早已潜入我的思想深处，化作我的灵感，进入了我的牛画。

《中国牛》落户铁牛集团，是最佳归宿。决定赠送之前，我在微信里向美儿透露过，赠送的前提是"无偿赠送，不用回报"。

美儿收下了牛画，并要我在赠送的大画册上题上"站着是条汉，卧倒是座山"这十个字。

赠书的故事。我家的朋友毛书记。横店，癌症病人大聚会。

2018年10月12—20日

父母的养育之恩，是永远报答不尽的。

故乡情，是永远无法改变的生死情，不会因为离开她而疏远。走得愈远，离开愈久，思念愈强烈。

我的人生已实现记者梦、作家梦、画家梦，最后一个梦是落叶归根梦。

2015年，我已将自己的文学著作、手稿和一百余幅画作无偿捐赠给故里政府。政府创立了鲁光艺术馆。《鲁光文集》出版，我首先想到的是赠送给家乡，送给生我养我的两头门村，送给我就读过的胡库小学（原崇本小学），送给我的中学母校——东阳二中（原中国中学）和东阳中学。所以，故里的首发式，我谢绝朋友们的好意，不在杭州，也不在金华举行，而选在永康举行。我很抱歉地请金华朋友、东阳朋友拨冗赶到永康领书。经过半个月的筹备，10月20日上午，首发式在永康市博物馆举办。金华市人大原副主任杨守春、永康市委宣传部部长吴婉珍、永康市副市长卢轶前来参加并讲话。会后，又举行了签名活动。老朋友徐小飞购书七十套，应刚建购书三十套，分赠朋友。从北京运过来的三百套文集，全部赠送和认购出去了。文集能落到故乡的人手里，是我的一大心愿。

文集发送完，这次回故乡的任务就完成了，一身轻松。

尽管我给几位弟妹及堂兄妹每人送了一套文集，但我的小妹徐爱萍又自己买了十来套送人，其中送了一套给省里的毛光烈。毛光烈曾在永康当过书记，家人都称他"毛书记"。他是我们家的老朋友。他在金华当市长时，我回家探亲，我母亲重病在身，叮嘱我："这次回来，哪儿也别走动，就守在我身边。有一个人，毛书记，你可以去看看他。"可见毛光烈在我母亲心中的地位有多么重要。毛光烈主政宁波时，一再邀请我去办画展。我在天一阁的画展，办了一个月。他为请柬题字,与我一样,也是左书。他亲自主持开幕式,并讲了话。这个画展跨春节,我告别时,他的秘书说:"毛市长今天中午有十多项活动……"我说:"别告诉他,我们悄悄走了就行。"谁知,午餐时,他赶来了,热情地为我送行。我们边吃边聊,居然聊到下午三点多钟。席间,不知怎么知道我的大女儿徐琪这天(1月10日)生日,又买了一个大蛋糕庆贺。我十分过意不去,他却说:"你来了,我们可以说说心里话,机会难得,我特别高兴。"那份实在、亲热,令我深深感动。这次回来,我没有在杭州停留,正发愁怎么把文集送他。还是小妹想得周到,等去杭州时给他送去。我也不知道,妹妹买的这套文集是送他的。我打开第一卷首页题字时,我问:"给谁的?"妹妹说:"毛书记,毛光烈。"我心头一热,用左书签名落款。感谢小妹为我还了一笔人情债。本应我送,怎么还让小妹掏钱购买呢!可书款已收下,退也退不回去了。小妹说:"毛书记,我送他。"

我的这个小妹徐爱萍,性格像我妈,个性刚强,属女强人一类,企业办得红火,还当过金华市人大代表。我的妹夫楼斯林,一个聪明的手艺人,只知干活,只顾赚钱,一身工人装,这是我小妹修来的福。她一生风风火火,好不容易熬到有人接班,可以安度晚年,却被查出直肠癌,动了手术。

起先，她瞒着我和弟妹们。只知道她生病了，什么病不说，也不让人说，但我已猜到八九分。2016年4月22日，我正在浦江游玩，接到她的电话："哥，你来一趟东阳吧！我在横店有个活动，请你过来给我们讲讲话。"

我在武义还有事，没有时间过去。问她："是什么活动，什么会？"

"癌病人在横店聚会……"她没有说完，我就打断她的话："癌病人聚会，我去干什么？"她说："还有你亲妹妹在里面呢，你不来关心一下……"不好推辞了，我调整了行程，赶到横店去。

那次聚会名为"幸福家人，欢乐相聚"，四十多位癌症患者从全国四面八方赶来参会，还请来浙江省中医院院长和几位治癌医生参会。清晨，我从窗口望出去，那场景我见所未见。医院里尽是与会病人，他们齐声喊叫："下定决心，排除万难，去战胜癌症。"他们边跑，边喊叫。那情那景，给我留下太深太深的印象。

开大会那天，我是头一个上台讲话的。我说："你们都不忌讳'癌症'两字，我就说吧，我不是癌病人，叫我讲什么？但我的妹妹徐爱萍，已是一位两岁的新生病人。"

我讲了有半个钟头。我讲了我的几位患癌的朋友，庄则栋、苏叔阳，还有邢振龄。我说："人人身上都有癌细胞。激活了，就得癌了；没激活，就隐藏在躯体里。我的三位患癌朋友得癌治癌的经历，证明癌症不等于死亡。查出癌，不必怕，但要重视。庄则栋误诊了，耽误了一年，癌细胞已扩散到全身。虽然全力抢救，庄则栋以运动员的拼搏精神迎战癌症，但为时已晚。苏叔阳，学医出身，患癌后，一直以乐观的心态与癌病周旋，活一天高兴一天，什么活动都参与，活得很潇洒。邢振龄与癌搏斗了十多年，天天作画，用水墨冲走癌细胞，用好心态与癌君相处，是患者中的乐天派。这两天早上，我见在座的朋友，边跑步边高喊'下定决心，排除万难，去战胜癌症'的情景，十分感人。据说，有三分之一的癌病人是被吓死的。你们勇敢面对，你们不怕死，死就不敢轻易来。还有三分之一的病人是被过度治疗死亡的。你们团队中，有治癌专家、医生，你们不会落入过度治疗的陷阱。你们是幸运的，你们是幸福的。"

现在看来，我在台上慷慨激昂的时候，其实我自己已是一个癌症患者。只不过，我一直未检查前列腺，癌症没有被发现。

这个癌病人的特殊聚会，是我的妹妹一手策划组织的。会后两三年来，我妹妹跑广东，住海南，到吉林，长年生活在这拨欢乐人群中。她在微信中写了一段话:"转眼间幸福温暖之家的家人相聚已有两年多。我们快乐胜过痛苦。这是一个特殊的大家庭,为什么特殊,因为这是一群癌症患者。他们坚强,他们勇敢。有的战胜了一次又一次的癌细胞转移,有的经过几十次化疗,身经百战。大家都坚信我没事,我要活着,这个家一个都不能少。我们要感谢在群的专家、医生,特别是省中医院的沈敏鹤院长。不管多忙,他天天与我们互动,给我们鼓励。癌症并不可怕,怕的是失去活的信心。翻看过去欢聚的照片,我更坚信我们不仅能活,而且还会活得更精彩。"

浙江省中医院副院长沈敏鹤现场答疑解惑

我与妹妹本是"同病相怜",但我们没有悲情,见面也不说病,尽说高兴的话。我们每天都以最美好的心态迎接朝阳。

匆匆游览婺源、查济、茂林、桃花源和小岭。为王涛题字『涛声依旧』。

2018年10月21—27日

10月21日一早,我和李莹便开车离开五峰山居。我们与市里的一位朋友——胡军约好,一道去婺源一游。

婺源,远近闻名,尤其是古民居和油菜花,吸引着多少游人!我想去一游,但一直未找到机会。

闲聊时,我说出了这个愿望,女婿李莹当即说:"爸,我们的事都干完了,去一趟!"也许,他也早有这个打算,我们算是一拍即合。

眼下不是油菜花开的季节,但看看古民居也算了个心愿。逛了婺源的一个小景区，边看景，边翻越一个小山坡。有农妇在神樟古树前卖楂子豆腐。这是我小时候最爱吃的美食，已有一二十年没有吃过，这回也算解了个馋。山坡顶上，有家茶叶店。女店主，在我们上山坡时已盯着我们。她比我们先一步登上山坡，在店里招呼我们进店喝杯茶。她拿出特级菊花，泡了一壶，让我们品尝。

茶水在玻璃杯中，黄灿灿的，味道清醇，有淡淡甜味，观感、口感皆佳。

"一定要用 100 摄氏度的开水冲泡。水不开、不烫，泡不出香味。"女店主说。

我们将店里的特级菊花全要了，装了满满五罐，再要得等明年了。

喝够了菊花茶水，我们轻松下山。

只逛了一处，其他景点只好留给下回再逛了。

22 日，驱车到安徽的查济古村落。傍晚才到，下榻在一家"格格客栈"。我想起，画家朋友王涛的创作室就在这个小村里。他一直邀请我来，但一直没找到机会。没想到，今日无意中探访。我拨通了王涛的电话。

"前几日我还在那儿。太遗憾了，但你一定要去看看，喝杯茶。"他很兴奋，告诉了他的一个联络人——一位代管

访王涛未遇

的当地女子。

踩着凹凸不平的石板路，沿溪而上，我们来到了王涛的画室。打开大门，是一个大院，人字形步道，两进院，画室在二楼。女主管很热情，说："王老师叮嘱我招待好，说您是大名人，是他的好朋友。他请您一定要留几个字给他……"

"涛声依旧。查济访涛兄未遇书四字存念。交往记忆情谊全在四字中"。因未带印章，摁了五个鲜红的指印。王涛称得上是老熟人。他很讲信用，有一年，我策划一个名家扇画展，他要寄来一个扇画参展。左等右等不见他的扇画，我调侃："涛兄，真寄出了吗？"他急得将寄条传了过来，说：

"我亲自去寄的,信封上还写了王涛寄……"坏就坏在署名上了。在当地,大画家王涛的大名,谁人不知呀!画,半途被窃了。王涛赶紧再寄一个扇面。守信的朋友,值得交!

一大早,我在小村落转了一圈。来这里写生的学生以百千计算,沿溪,沿小巷,到处是埋首写生的人。在王涛题匾的溪边一家许溪酒坊小坐片刻,店主倒了一杯王涛爱喝的土酒让我品尝。酒味醇香。

次日,走访了吴作人老家茂林。上午参观了茂林三吴纪念馆。茂林历史悠久,人文荟萃,有"小小泾县城,大大茂林村"之说。这里还是千古奇冤皖南事变发生地。下午游览桃花潭。伫立在公园山顶的亭子里,望着一江碧水,耳边响起李白的诗句:"桃花潭水深千尺,不及汪伦送我情。"汪伦当县丞,邀请落难中的李白来桃花潭做客,留下了一段佳话。因一首诗,桃花潭成了旅游景点。公园里有"四君子馆",陈列着宋雨桂、韩美林、冯骥才、何家英和韦国平的书画作品。夜宿桃花潭。

23日一早从桃花潭飞车去中国宣纸发源地——小岭。

小岭村的柿子树,挂满红红的柿子。一树树的柿子,耸立在老房子门前,太壮观太诱人了。

在小岭村古檀山庄,用过午饭,车不停轮,赶回永康。

我的一位关门弟子珂黎已准备好丰盛的晚餐，等待着我们。

这次回故乡定了一件事。金政书记建议成立鲁光艺术促进会，政府每年拨给促进会一定的经费。初步考虑，这个经费有两大用处：一是开展交流活动，弘扬文学艺术；二是设立青少年文学艺术奖。目的只有一个，推动故里的文化事业发展。

我先回京。小李留下来办理成立艺术促进会的事。

27日，经杭州回北京。从杭州东站乘坐高铁五个多小时便到京。

2018年12月3日，鲁光艺术促进会成立

绍兴行。女排精神座谈会。陈招娣资料库。

2018年12月4日

昨日上午,参加在永康市政府会议室举行的鲁光艺术促进会成立大会。下午三时,绍兴派车来接我们父女俩,下榻绍兴市中心的咸亨酒店。

这是一家设计别致的大酒店,传统与现代相结合。院中有院,院中有水。前来采访世界女排俱乐部锦标赛的新闻从业人员都下榻在这家酒店。

绍兴举办世界女排俱乐部锦标赛,兼办纪念改革开放四十周年女排精神座谈会。《体坛报》总编辑黄维来电邀请我出席。

刚放下行李,就有几家当地的媒体记者来到我的房间,不停地发问,问我当年写《中国姑娘》时的情景,我即兴作了回答。看来,我已成为当地媒体的一个热门人物。我意识到,我此行的任务不轻,不过记者出身的我,对采访没有畏惧感,对答从容。

我得知,朱婷来了,国际排联的领导人和名誉主席魏纪中夫妇来了,赵蕊蕊、魏秋月来了,老女排教练陈忠和来了,央视名嘴韩乔生也来了。但老女排的队员并没有到场,原以为她们都来,特地带来几本人民文学出版社出版的《中国姑娘》请她们签名。这是我夫人的意思,给两个外孙作纪念。我对随行的大女儿徐琪说:"只要是女排的,谁签都行。我要留的是一种情结,女排情结。"赵蕊蕊已成女作家,她送了我一本新著,我回赠了一本《中国姑娘》。魏秋月过来说:"鲁老师,您还有《中国姑娘》吗?能否送我一本,我要好好读读。"我签了名,将一本《中国姑娘》送给了求书的这位女排姑娘。

10月4日,冒雨参观了鲁迅故居和三味书屋。绍兴,我来过多次了,但每次来都看这几个老地方,百看不厌。有当地记者,请我说说参观感想。

"从我的笔名说起吧!"我说,"我起笔名鲁光,就是为了学习鲁迅,走鲁迅的光辉道路。我的笔名与绍兴有缘。"我又说起老女排运动员,"原来我只知道陈招娣是杭州姑娘。一直纳闷,杭州女孩儿怎么会有那么倔强的性格。这次来了才知道陈招娣是绍兴人。绍兴有鲁迅,有江南女侠秋瑾,自古有侠骨侠风。这使我找到了陈招娣个性的来源。"

3月5日上午,参观绍兴市档案馆设立的陈招娣资料库。陈招娣是我写的《中国姑娘》中的一个重要人物,我写过她跟袁伟民斗气、两走两练的故事。在北京体育馆的一场夜间训练课,训练结束时,袁伟民问:"谁想加练?"

陈招娣举手:"我!"

开练了,练十个接球。如果有一个球未接好,就要加练一个球。袁伟民重重地扣球,招娣奋力接球,练了好一阵子,十个球,不仅没减少,相反又多了几个。招娣累了,有点儿急了。一个人承受了极限训练,当她已经筋疲力尽,承受不了袁伟民抛过来的球时,球还是刁钻地飞过来。陈招娣站起身,赌气地说:"不练了!"说着就往场外走去。袁伟民说:"不练也行,明天头一个练你!"招娣一听,掉转身冲袁伟民说:"练就练!"练了几个球,她又受不了了,又向场外走去。袁伟民气她:"要不给你减掉几个?"

陈招娣一听火了，又回到训练场，接着练。两走两练，最后完成了这场自己要求的加练课。写招娣的这段文字，开始以"中国姑娘"为题，后改为以"拼搏"为题，被收入中学语文课本。那个时代的人，几乎没有不知道这个倔强的女排姑娘的。退役后，她在中国人民解放军总政治部上班，最后是少将军衔。我们常有联系。一是我写过她，有感情；二是同乡，比较亲近。2012年的一天，她给我打电话，说刚看完北京电视台播放的《鲁光谈〈中国姑娘〉诞生记》，她说："我看哭了，打电话让袁指导马上看。袁指导家里有客人，没看上。你能否找北京电视台要几个碟片送给我们？"我答应马上跟电视台联系，顺便告诉她，我有一个画展，在中国现代文学馆举办，邀请她出席。她很痛快地答应了下来，说："鲁老师，我从电视台上看到你的书法很棒，中国姑娘几个字写得特好……"事后，袁伟民告诉我："陈招娣得了癌症，而且是晚期，她自己是知情的，但她还在外面跑，跑到福州看陈忠和，又答应出席你的画展开幕式。她是想在生前将该做的事再做一些。"画展开幕时，她穿一身将军服出席。我将事先写就的一幅斗方书法当场送给了她。这幅字，如今就展览在展柜里。

中国姑娘

忆当年驰骋沙场为国争光,振兴中华,八亿人民齐叫好。退役之后,杭城姑娘依旧爱武装。壬辰秋吾办画展,将军来助阵。即兴挥毫,书此幅。招娣补壁。左书于京。

五峰山人鲁光

斯人已去,赠物仍在。睹物思人,感慨万千。

绍兴市档案馆功不可没。能来此馆参观,不虚这回的绍兴之行。

向陈招娣赠字

女排精神报告会。意外奖。良渚,三个女总一台戏。

2018 年 12 月 6 日

　　这次来绍兴的重头任务是出席一场名为"女排精神"的主题报告会。报告会地点在绍兴文理学院礼堂,听众近四百人,其中近三百人是大学生。院领导、国家队老教练俞觉敏、浙江省体育局局长郑瑶都在头排就座。给我一个半钟头时间,但我只讲了四十多分钟,留出半个多钟头,与听众互动。我的开场白是这么说的:"今天在座的大多是学生,二十多岁的青年,这个年龄,与我的两个外孙是一样的,中国老女排的拼搏故事发生在 20 世纪 80 年代初,当时你们都未出生,你们并不知道当时的时代背景。'文革'刚结束,国家处在百废待兴的时期,祖国强大是人心所向。当时的北大学生喊出了'团结起来,振兴中华'的口号。中国女排首次夺得世界冠军,使全民振奋。我在《中国姑娘》的结尾写了这样一句话——'她们追求的是世界冠军吗?是,但不尽然,她们追求的是祖国的荣誉。'"我只给听众们讲了一些女排人物的故事,然后就出了一个题目:"什么是女排精神?"请听众们上台回答,没想到举手抢答的人很多。临时当评委的几位领导点了一女两男上台阐述自己的观点,都讲得很好,但评委们认为答得最好的是一位女同学。

我从包里拿出一幅字,"永不言败",作为奖品发给那位女同学。全场响起了热烈的掌声,事先也没有说有奖,更不知奖品是我的一幅书法。

我又从包里拿出两幅红斗方"福",奖给那两位男生。我说:"两位男同学也讲得很好,应该给个奖。"也是意外的奖,又是响亮的掌声。高潮还在后面,"刚才,你们的书记诠释女排精神很到位,我这里还有一幅书法,就奖给他。"我亮出一个斗方,上面写着四个字"中国姑娘"。我说,当年写赠给陈招娣的也是这四个字。报告会在掌声中结束。互动,是报告会真正精彩的一幕。我为自己的随机应变感到欣慰。

永不言败

八十三翁 鲁光

一个意外的奖品

中午未休息。杭州良渚的朋友派来的车，已等候在校门口。我们要赶在四点多钟到达良渚，赶在下班之前，去看一下良渚文化艺术中心的大屋顶美术馆。

大屋顶美术馆是一座现代化的三层建筑，大墙面、大玻璃、大草坪，一个很新潮的美术馆。粗略估计了一下，有五十幅作品即可，但必须有三五幅巨幅制作才镇得住。

下榻良渚君澜酒店。这个五星级酒店设计现代，建筑连着湿地，风景幽美，又极自然。我已多次下榻过，在酒店周围散步，是一种绝好的享受。

与杭州华光焊接新材料股份有限公司的女老总做了真诚的详谈。我与老总金李梅，副总胡岭、黄魏青是老相识了。他们10月有个国际会议，高科技的会议。配合这个会议，今年在大屋顶举办了敦煌艺术展。科技与艺术结合，会碰撞出火花，是一种很好的策划。明年10月，他们想举办我的写意中国画展。一般性的展览，我已不想办，办一个展览，是很累人的，但金总提议的这个展览，对我有诱惑力。把近些年自己最钟爱的画作拿出来，在杭州良渚展示一番，应该说是值得一累的，更不用说有华光的几位超强的女老总撑台。在绘画艺术上，明年就只干这一件事了，具体展事，就交给金华大家艺苑的甘珉郡和女老总们去办。我的任务是拿作品，拿像样的绘画作品。

三个女人一台戏，以金李梅为首的几位女老总，组成了一个十分干练的企业领导团队。金总的父亲是我的永康老乡，原来在华光任党支部书记，不久前过世的。金总身上流淌着我们永康人的血液，大胆勇敢，拼搏图强。她的事业心、她的决策力、她的拼搏劲，是企业成功的决定性因素。我的一位叫胡斌的老乡朋友，将我介绍给她们。她们特别喜欢我的字画，收藏了一批，我又送她们每人一幅小品。如今，华光的展厅里挂着我的巨幅牛画，会客室里挂着我的画

良渚画展开幕时接受记者采访

作《生命》。久而久之，我们成了朋友。

无论是为朋友，还是为艺术，我们一定要把大屋顶的这个画展办好，办成一个风格独特的、叫座的画展。当然，届时展览场地可能会有变化，但只要她们需要，我就认真配合好。一向低调的我，怎么唱起高调来了？我想，这也许就是自信，对自己的画、对我们这拨人的人品自信。

良渚画展之后的晚宴

捐赠五峰山居的一封信。

2018 年 12 月 15 日

鲁光艺术促进会，是在永康市委书记金政的提议下成立的。依他的原意，政府将每年给这个组织一定的经费，以利于弘扬艺术和拓展当地青少年的文学艺术活动。按我的计划，我要捐赠山居，圆我的落叶归根梦。

21世纪初，老家的文化人叫我常回老家住住，好与他们为伍，这正合了我的落叶归根梦。对一个两手空空的穷秀才来说，花上百万修建山居，谈何容易！我卖了些字画，加上朋友们的多方支持，好不容易盖了这个山居。二十年来，山居成了我的文学和绘画的创作基地，也成了我与各界朋友交流的场所。经过多年的经营，庭院里有刻石十多块，翠竹几蓬，杜鹃一片，玉兰成树，桂花树数棵，还有前些年花重金从外地购回的一个四吨半重的石雕卧牛……上个月大女儿陪我去绍兴，路过山居，推开大门，面对树木葱郁、风光无限的山居，不禁感叹："太美了……"对我将山居赠送给政府的举措，赞叹者有之，惋惜者不少。但为了山居的前程，我还是不动摇捐赠的决心。前些年我曾去莫干山一游，山上别墅一二百栋，都是名人富人所建，如今还有哪栋属于原来

石牌坊，左为《永康日报》高胜英、右为作家石椅

的主人？人生匆匆，万物皆是身外物，文玩只是过过手、养养眼而已，豪宅名屋也是一时栖身之所。舍得，有舍才有得。山居捐赠是有所失，但得到的是后人荫福。何乐而不为呢？况且，政府许诺，生前随时可来落脚居住。

我与弟妹们也做了商议，捐赠给政府，是山居的最好归宿。这是我们全家老小的共同看法。

口头上，我已向市领导多次表态。他们总说："鲁老这事不急。"如今身患绝症，捐赠的紧迫感更强烈了。

以文为据。我用宣纸、用毛笔写了一封信。

我在五峰山居庭院

朱市长、金书记：

　　日前在你们的关心下，永康市鲁光艺术促进会已成立，相信它定会对永康市的文化艺术发展起一定作用。其实这个促进会首先是促我在余生再为家乡作点贡献，同时促我在艺术上更上一层楼。

　　本人年届八十又二，今后回老家次数会愈来愈少。建于2000年的鲁光艺苑（五峰山居），已用了近二十年，是我晚年的文学艺术创作基地。考虑到往后因为回乡少而空闲，亦为更好地发挥它的作用，经与家人商量，决定将它无偿捐赠给永康市人民政府。盼市长、书记玉成此事。

　　有两点考虑：

　　一、鲁光艺苑与鲁光艺术馆一同管理，继续发挥传承弘扬作用。

　　二、请求政府给鲁光艺术促进会以一定的经费支持，以保障活动的正常开展。

鲁光

2018年12月15日于北京

今晚，朱志杰市长、卢轶副市长来京与京城老乡聚会，邀请居京人士回故里参加"博士大会"。这正是个机会,我将信直接交给朱市长,并请他转金书记阅。其实交信给市长之前,我已将信的手迹,通过微信发给金政。金书记批了两句话——"此信也是艺术品""照办"。信交出去了,已得金政的微信答复,心里的一块石头,沉重的石头,落地了。我的人生最后一个梦——落叶归根梦,马上就能圆了。

山居一景

> 为高莽画像。华君武、高莽隔空对话。
>
> 老虎九十不出洞。书山常相守。

2018 年 12 月 22 日

高莽女儿邀请我出席在中国现代文学馆举办的屠岸、高莽纪念画展。

高莽是我交往密切的一位老作家、老画家。我每次造访，他都为我画速写，画肖像，加到一块，总有六七幅之多了。他也让我给他画过像，我不会画，但他几乎是强迫我作画。有一回，他在床上铺了一张八平尺的宣纸，自己坐在一旁，说："鲁光兄，画吧，求你画一幅。"看来，不画是过不了关了。我斗胆涂了一张，他还很满意地挂到墙上，说："有味道呀，有味道！"

我在这幅画上题了一堆字:"此公名高莽,八十心年轻,著作画作皆等身,却常自谓小学生,虚怀若谷乃大家,大译家、大作家、大画家。句句大实话。高兄却在一旁高声叫,别吹了您。文责自负,高兄别介意。一生画牛写花,却盛情难却,斗胆为八十年轻老友涂像,此可谓可贵者胆也。丙戌十月二十五日七旬后生鲁光。"

他为我画了好多幅,最出彩的一幅是水墨漫画像。壮硕的我,挺着大肚,双腿吃力地支撑上身,满脸笑容,甚是可爱。他的落款是"高莽漫写我崇拜的师友与好友"。有时他还落款"小学生高莽"。有大学问者,总是谦诚得分外可爱。他嘱我在画上题字。我题了几句:"此公年方七旬,性格豪

我画高兄　　　　　　　　高兄画我

放且幽默，颇具老顽童特征。高莽妙笔写神，使吾永留人间。功德无量。丁亥春节拜年，幸得。左书记之。鲁光。"

平日里，他都把原稿送我，这次却将原件自己珍藏，把复印件给我，可见他对此画十分满意。在上海和北京展览时，此画都是他的展品。

当年，他八十七岁时送我的那幅肖像画，是唯一一幅题字有点自夸的："鲁大哥，鲁老师，你处处都比我好，只有姓没有我高，这一点胜过你。还有就是个子比你高。"充满高氏智慧和幽默。我用鲁氏幽默回敬了他："高莽姓高，人高品德才华更高。一个丑男人却被他画了不知多少次，丑也变美了。高人总说自己不高，此回年届八十七的高兄头一回夸自己个高，难得说一回实话。"

我见漫画家华君武时，这位美术界领导知道我与高莽熟，曾委托我捎话给高莽。华君武说："20世纪50年代，我批评过高莽的几幅漫画，我扼杀了一个漫画家。此后，我再也见不到他的漫画作品了。"当我将华君武的内疚心情转告高莽时，高莽说："我得感谢华君武救了我一命。他不批我，1957年，我肯定成了右派。"

两位文化名人的自责、自谦、包容、大度，体现了中国文化人的高尚人品。

我最后一次见高莽，是他九十岁时，2016年4月6日，我去看望他。他见我特别高兴，从里屋拿出一个镜框，指指框里的一幅肖像，说："我九十岁时，为自己做了一件事。"我仔细瞧画，画上有高莽的一行题字："九十岁时用剪下来的头发贴一幅肖像留作纪念"。高莽说："我这个人老想创新……"这绝对是世上一幅独一无二的创新之作。

这回，他又为我画了一幅肖像画。他让女儿复印了一份，嘱我题字。我即兴写道："老虎九十不出洞，写画人生不放松。待到高兄百岁时，老友相聚喝一盅。"他和夫人都属虎，住地又称老虎洞，故高莽给客厅起了一个斋号"老虎洞"。告别时，他执意送出门，我推他进屋，调侃道："老虎九十不出洞……"他笑道："常来常往！"

谁知，我远在老家山居，就传来高莽兄仙逝的不幸消息。《北京晚报》赵李红约我写篇悼念高莽的千字文，我用了一个很直白但颇具幽默感的题目："老虎出洞便去了天堂"。原约好在他百岁大寿时喝的酒，只好到天堂去喝了。我在山居庭院里，望着高耸的公婆岩和蓝天白云，发出了如此悲叹。

今日置身展厅，看着高莽的遗像和满墙的画作，往事历历在目，想忘却也忘不掉。

那天赵蘅、肖复兴、冯秋子、罗雪村、孟晓云、绿茶六位知名作家以一个小小的书画展纪念高莽和屠岸。讲话的人很多，讲得也很长，因为朋友都有太多的回忆、太多的话要说。美术界已故老领导王琦的儿子、《美术》杂志原主编王仲和他的夫人，也远道而来，回忆了交往，讲述了对高莽文学艺术的评价。我这个不愿登台讲话的人，破例上了台，讲述了我与高莽亦师亦友的交往和情谊。

置身展厅，看着高莽和中青年们的画，我陷入沉思。近些年来，中国画坛浮躁心太重，作品多为制作之画。技术至上，画家当了技法的奴隶，缺乏接地气之作，更缺震撼人心之作。文学入画，哲学入画，也许是一帖良方。从这一点来说，作家的画大有可取之处。

这天，在多功能厅还有一个网时读书会活动。女作家萌娘受读书会负责人的委托，几天前就来电邀请我出席，并希望我送一幅画给大会。我苦思冥想了好几天，画了一幅以"书山常相守"为题的国画，当场赠送给网时读书会。

画面是一堆如山高的书籍，一架高高的云梯，顶上有一个爱书如命的女子……

萌娘和网时读书会诸君都喜欢。画，要为喜欢画的人画，文为喜欢书的人写。

老虎九十不出洞
写画人生不放松
待到子无百岁时
老友相聚喝一盅

题字"老虎九十不出洞"

> 百花迎春联欢会。又见苦禅老师的巨作《盛夏图》。步行十里送对联。

2019年1月17日

　　下午出席在人民大会堂举办的百花迎春联欢会。见到了两幅大画，一幅是《江山如此多娇》，人们纷纷在画前合影留念。还有一幅，深藏在大会堂东大厅的南侧，是吾师李苦禅先生的《盛夏图》。当年，苦禅先生已届高龄，脱了鞋子，拿着巨笔，伏地而作。多少人想重金求购，但苦禅老人说："这幅是留给国家的，留给子孙后代的。"每回进人民大会堂，我都会特意找到这幅荷画，在画前久久驻足，久久观赏。那墨气，那彩韵，那激情，是常人无法达到的。

见到了许多大牌明星，见到许多平日难得见到的熟人和朋友，光凭这一点，就值得来。浙江画家何水法就在我的临桌。此兄精神焕发，见到我，主动前来拥抱。他的花鸟画是别具一格的，但曾一度感叹："鲁老兄，我是没爹没娘的。"言外之意，他比起其他几位浙派名家，没有引起相关部门的重视，甚至有点受冷落之意。后来，他成了全国政协委员，又创建了抱华楼，声名鹊起。我调侃："水法兄，你如今是有爹又有娘了。"他爽朗地嘿嘿一笑。大牌名家都很忙碌，见了面，握个手，问声好即可。节目很精彩，桌上有热茶一杯，口渴了，可以喝一口润润喉。不等联欢会散场，我就离席而去。我的衣袋里装了一副今天早晨写就的对联。

漫斋高红悦想在春节期间搞一个沙龙书法展，找几位老茶客，一展才艺。因时间急迫，怕裱画师离京回家过年，要得很急。我打算出了人民大会堂打个出租车，赶在下班前送给她。

谁知，走了一程又一程，总也打不到车。走了将近十里，步行到了琉璃厂。众店皆已打烊，红悦说，漫斋未关门，等着我。上得琉璃厂西街57号二楼，我已出一身热汗。

红悦见联，也颇为感动。当今社会，诚信已成大问题。而我这个有病在身的八十二岁老人，却如此守信，我自己也被自己的行动感动。十里夜路，一气走过来，这证明我的身体尚健康。

我想去清华池修个脚。红悦打电话询问，尚未关门。她驱车送我去清华池。我修过脚，下楼走进饺子铺，要了二两水饺。肚子不饿，双脚轻松，我打了一辆出租车回家。

无意中考验了一次诚信，也无意中检验了一下体力，都及格了。我欣慰。

> 邢老为人作画不惜笔墨。给人的是欢乐，自己承受的是痛苦。

2019年1月18日

　　清晨五时起床，打开手机，见邢振龄的新作已发布，猪与小孩，风趣，民俗味足。我给他点了一个赞。猪年即将来临，邢振龄使足劲画猪，画小猪、母猪、群猪，最多时画了十九头猪。他已定春节时在宏宝堂举办个人画展，画的内容，清一色的猪。有人物的猪，无人物的猪。由于他的猪民俗味足，接地气，深受观众喜爱。画展未办，已从漫斋跑出去不知多少头猪。一个题材，能变化出如此多的画面，我也服了他。有才呀，他是真有才。虽然，他一天美术院校也没读过，至今连中国美术家协会会员也不是，但他的民俗画却已成为观众的抢手货。有人称这种现象为"邢振龄现象"。

我觉得老邢的成功，一是归功于他的胆，他胆大如天，什么都敢画，都能画。二是归功于他的勤奋，几乎没有一天断过新作。三是归功于他的生活阅历和丰富的农家知识。如今社会，是一个金钱至上的社会。画，就是钱。哪个画家不出手紧？画家不紧，家人也紧。有的画家，可以画，但出家门有夫人把关。图章掌握在夫人手里，画家想送也送不出去。邢老的图章，随身带，走到哪里，画到哪里，从来不缺印章。他走市场，而且走得很好，但他又重人情，干什么都以画开路。熟悉的不熟悉的，不少人都有他的墨宝。

有回，他见了我的一个女弟子从事书画教学，一到教室就铺开八平尺的宣纸，画了一幅"桃李满天下"的山水画。还非让我题款，我即兴题了一行字——"振龄所言极是"。他哈哈大笑道："鲁光是真有才，画画行，书法也行，肚子里的墨水多。"夸得我都老脸通红。近傍晚，他还逼着我动手为女弟子画牛："你画牛，我补人物。"我们俩画思相通，每次都是一拍即合。我画了一头低头前行的老牛，牛背上多留一些空白，老邢三下五除二，就写成一个伏在牛背上的牧童。他有急事要走，有人给他家送海鲜，他好吃这一口，挥挥手走了,说:"孩子的裤子,染一点花青即可。"他走了,把残局留给了我。当然,我不会全听他的,墨牛身上花青不如红色亮,我将牧童的裤子染成了红色。他没有见着,如见着,肯定是一番赞扬。他从不吝啬赞美之词。

常人只看到老邢沉迷水墨艺术的一面,绝不知道他正面临死亡的另一面。

见了我的点赞,他马上打过来电话:"老弟呀,情况不妙。我的 tPSA 指标一直往上升,眼下已升到 600 多,骨架子也疼,又住进医院了,"顿了顿,又说,"打针吃药都不管用了。301 医院抽了四管血,送上海化验。看还有什么药可用……这两天,没有画画,微信上发的是两幅旧木刻……"他有些无奈地感叹,"恐怕来日不多了……"这是我头一回听到这位八十五岁的乐观画家的悲叹。

我为这位老朋友的处境担忧。

我夫人说:"他昨天就来过电话,我没跟你说。今天这么早又来电话。他恐怕真不行了,太刺激人了……"

我坦然地说:"我坦然,我不怕。"

我在电话中劝告他:"邢老,你一如既往,想干啥就干啥,怎么痛快、怎么高兴就怎么干。"

邢老哭笑:"人总有一死,不怕,怕也没用。"

我在微信上读到一则消息：南京大学图书馆馆长计秋枫因病去世，享年五十六岁。他的临终遗言是：请亲友们"大笑三声，送我上路"。

这种豪情，源自对生老病死的悟透。

鲁光画《放烟花的女孩》

多一个艺术粉丝,比多一笔收入,感觉更好。为画廊题字『大瀚艺术』。

2019年2月20日

红悦说,小画《和谐》被藏家收藏了。我的字画,挂在漫斋多是点缀,被收藏的不多。主要原因,我的作品价格较高,不好走。好在我也不在乎走不走市场,偶尔挂张书画小品,助大家品茶谈兴就好。

说实在的,这幅大红鱼和黑猫和谐相处的作品,无论立意还是笔墨都是有特色的。在我的小品画中,应属于上乘之作,收藏者有眼力。红悦说,藏家希望我为小品画配一副微型对联,我欣然答应了下来。

红悦将对联手迹发给藏家，藏家很满意。

"鲁老，你又多了一个粉丝。"红悦说。

多一个艺术粉丝，比多一笔收入，感觉更好。也许，我也已经到了"知足无求"的状态了。如若果真如此，那是我的幸运。

漫斋楼下有一家大瀚画廊，老板叫田野。起先，我不认识他，可他认识我。多年前叫我给题写过店名。这些

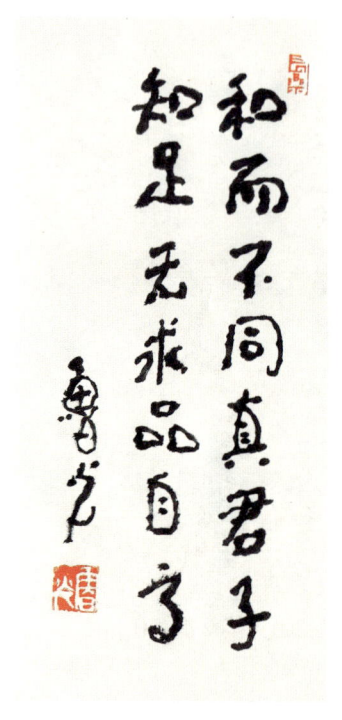

为画作《和谐》配对联

日子，见到我，又叫题字。我说题过了呀！他说："给写个'大瀚艺术'吧，我还在找地方开个艺术馆。"他搬过多次家了，近年才搬到这里。一回生，二回熟，常见面，也就混熟了。我即兴为他写了"大瀚艺术"四个大字。他当即挂到店堂的最高处，直说："这字写得好。"为画店写字，店主赞扬是很自然的事，我这耳进，那耳出，没有太当真。

前天，他发来一幅牛画，说刚收的。"我们看，是你

的。"他说。我说:"有空我过去看看再说。"一看,还真是我的。田野要我补几笔,我说:"题几个字吧!"我写了一行字——"旧作亦难得!"

在琉璃厂,田野算得上个人物。人们都知道他鉴定字画有一手。他有一双好眼睛。今日他又收进赵朴初先生的一幅字。出手还不得超过进价的一倍多?眼力就是钱。

> 延寿寺一日。与方丈对话。书画结缘。做自己欢喜的事,做大自在的人。

2019 年 2 月 25 日

上周就约好的,今日去昌平延寿寺拜访方丈常坚。延寿寺位于昌平区,坐落在燕山余脉军都西麓,从我住的天坛东门到寺院七十多公里。早上堵车,下午回来一路通畅。

沿途山脉起伏,满眼冬日景色,山峦光秃,树木无叶,尽见枝丫。山溪河流还未解冻,结着坚硬的冰。南方的山峦,一年四季覆盖着绿被,老叶落了,马上长出新叶,只有北方的山野才会赤露着显出身躯的强悍。久居城中,见到这山野景色，颇感新鲜。沿途光秃的树木上尽是一个个显眼的鸟窝。鸟们一根枝丫一根枝丫搭建窝巢的情景，是令人惊叹的。我一直想画一幅"人要一间屋，鸟要一个窝"的水墨画。南方北方各式各样的鸟窝，我都观察过。但今天是所见鸟窝最多的一次。数十个、上百个鸟窝，都赤裸露在冬日的旷野里，强烈地激发了我的灵感。我一直想画的那幅画，应该在近日诞生了。

今天与我同去延寿寺的还有驾车的一位戴眼镜的青年李文博，后座上端坐的是漫斋高红悦。高红悦与我相约去延寿寺。她说，是李文博介绍她结识常坚方丈的。寺院精微，方丈有学问，素餐有特色……

我与李文博相识不久，他从漫斋收藏了我的一套文集，红悦让我为他写了一张书法小条幅。我见这位从清华大学毕业的年轻人爱书，就即兴题了五个字"书山常相守"。

关于文博的为人和职业，还是今日一路聊天才了解的。离开母校后文博就来到昌平区政府部门工作，一待十余年。

言谈中感到，这是一位心地善良、处事干练的年轻人。三年前，文博辞职下海，从事科技投资工作。短短接触能感觉到，这是一个有志向、有抱负的年轻人，虽已近不惑之年，但还有理想，有拼劲，是一个雄心犹存的企业人。

他说："我常来延寿寺。春天来，沿途山路尽是杏花、桃花，可美呢！"

车就停在寺庙正门外，旁边只有一辆小车。

"周六、周日人多，无法跟方丈聊。今天香客少。"我们拾级而上，进了延寿寺大门，在四大金刚注目下，进入寺院庭院，迎面是"南无阿弥陀佛"六个金色大字，是弘一法师字迹。再上台阶，眼前一亮，一棵巨大的奇松盘旋而生，枝干复叠，气势非凡。文博介绍说："这棵松叫盘龙松，是延寿寺的一宝。寺墙外还有一棵凤凰松，上头还有一眼山泉，方丈会用泉水泡茶待客。"

"龙凤呈祥，天然巧合。古刹总有仙境。"我不禁赞叹。

据记载，叫延寿寺的，全国有多处。昌平延寿寺始建于公元809—1119年，兴于辽金，民间有"先有延寿寺，后有十三陵"之说。寺院后山上的那两座佛塔，是寺院住持僧人圆寂之墓。

往左进一院门，便是方丈室。

方丈一袭袈裟，撩了撩宽大的袖口，为我们泡茶。茶水呈橙红色，口感好，一问是老白茶。

话题从延寿寺的"寿"字开始。

在台湾与星云大师有一面之缘

方丈说:"寿,不是自然之寿。百岁千岁,没活明白,就不叫寿。生老病死,悟明白了,才是寿。"

头一回听到这种诠释,颇有感悟。

从沈鹏、钱绍武、庄则栋,到星云法师、弘一法师、海灯法师,从乒乓外交到政教关系,一聊就个把钟头。

方丈说:"佛教,神圣,但并不神秘。"又说,"佛教,就是修行自己,不是修行别人。"还说,"欢喜,是内在的;喜欢,是外在的。两者不同。"

置身方丈室,有一种浓浓的禅味。我们的聊天,脱俗,自在。我喜欢大自在,人生大自在,心灵大自在。

午餐是素食。米饭,五道素菜,色香味俱佳。

餐后，又品了一会儿茶。

红悦提议："写写字吧！"

方丈谦诚地说："我不会写，不会写。"但他招呼僧人铺毡垫，铺纸，倒墨。

方丈从另屋拿来红宣纸，纸上有佛印。这种红宣纸，我在漫斋见过。我看看红悦，心里明白，红宣纸是她结缘之物。红悦嘱我写"放下"，方丈却说："先写'欢喜'。"

我左书"欢喜"，又左书"放下"。"放"字的前半部分写得较大，方丈说："放下，要有大胸怀……"

方丈在我们一再要求下，为我写了"放下"两个字。在言谈中，我还知道了方丈儿时是在黄标上练过字的。说放下容易，真放下难。我与方丈有共识。桌上摆放着几盆水仙，雕刻过的，有造型。每盆水仙开着三五朵小白花，稀疏却很精致。红悦从旁说事："鲁老擅长画水仙……"我也不推辞。红悦手裁一个小斗方，我即兴彩墨画水仙。水仙画就，右边尚有一些空白。

"再画点有趣的！"方丈建议。

屋里的几个人，各出主意。最后，还是精通书画之道的漫斋主说："画只猫吧！"红悦知道我近日总画猫。大家都赞同。我驾轻就熟，几笔成猫。水仙的黄花蕊、黑猫的黄眼

常坚住持以"放下"相赠

晴，相互呼应，倒也协调。盖章时，我盖倒了。急中生智，我在盖错的章上，涂上一块红色，顺势多涂了几个红果，用浓墨写了几枝树丫。散落的红果，为画面增添了几分喜庆，变废为宝。众人为"神来之笔"叫好。略作思考，我在小品的右上角空白处，题写了五个字，"延寿寺留墨"。

欢喜！从早上进山，一路艰辛，一路观景，欢喜！与方丈品茗长谈，欢喜！品佛家素餐，欢喜！书画结缘，欢喜！

延寿寺之行，是欢喜的一天。回程路上，红悦、文博和我都调侃，往后应常做自己欢喜的事，做大自在的人。

"我不习惯城里的生活，喜欢猫在山里。"方丈的这番话，起先我还不甚理解。寺中一日，却使我悟到其中的奥秘。

写在结尾的话之一

从 2018 年 2 月 26 日确诊癌症,到 2019 年 2 月 27 日正好一周年。用癌友们的行话表述,"我一岁",新生的一岁。复查时,tPSA 指标已降至 0.0 以下。秦大夫握着我的手说:"情况很好。今后,你就像对待高血压、糖尿病这些慢性病一样对待它就可以了。"

我曾给小外孙讲过交友三原则。第一,朋友有好坏。好朋友深交,坏朋友远离。第二,多给予朋友,少索取朋友。多给予,朋友就会在你身边;老找朋友索取,朋友就会远离你。第三,对朋友一定要真诚。

我如此告诉后辈,我自己也照这三条原则践行。

癌症,绝对是一个最坏最坏的朋友,必须根除它,或者将它驱逐出境,永远不许它再回到身边。当然,如果它趁你不备,又偷偷回到身边,那就与它共处。与狼共舞,也要舞出风采,舞出一个新世界。把情把爱给家人,给真正的朋友，毫无保留地给关心你的人们。

我的交友日记，只记到2019年2月25日。因为交上这个坏朋友是很偶然的，绝对是个意外。如何面对死亡通知书，有一个复杂的心理历程。

我的日记，没有过多地记载病情和治疗过程，而是把笔墨交给了承受生死大关的心灵。疾病只作为大背景，我要陈述的是生老病死的生死观，是对生命本真的沉重追问。我不叙说能否战胜死神的结局，而是浓墨重彩描述与命运抗争过程中的困苦与欢乐。

这一年多所写的病中日记，记录的是我对生命和人生的认知，浓缩着我对生与死的感悟。

我的卧室窗台上，有一盆蟹爪莲。一根粗壮的仙人掌上，生长着一蓬绿色的爪形绿叶。这盆蟹爪莲，是我在春节前从花市买回来的，同它一起买回来的，还有一盆白色的蝴蝶兰和一盆葱绿的水仙。蟹爪莲已长出许多红色花骨朵，我期待它在节日里怒放，为居室增添生气和节日气氛。见盆里泥土太干，给它浇了一回水，谁知所有花蕊花苞掉落一光。失望，对这盆花卉失望透了。我将它陈放在窗台上，再也不理会它。盛开的蝴蝶兰、盛开的水仙花，成了点缀节日的景观。它们真是集宠爱于一身，被朝夕观赏。如今，深受宠爱的蝴蝶兰和水仙花,都已凋谢。而那盆令人失望的蟹爪莲却洋溢着生机。有些叶尖上冒出了淡红色的新叶,没过几天,淡红变成浅绿,新叶满眼。而老叶尖头长满了红色小苞苞,数不清的、含苞待放的花骨朵。今日早晨,打开厚实的窗帘,一眼便瞧见蟹爪莲层层叶片尖头的花朵都绽放了,深红色的,一朵一朵,重重叠叠,好不热闹。一盆令人失望的蟹爪莲,成了一盆充满生机的鲜花。经受过死难的波折和磨难,重获生机,而且是蓬勃的新生。而那些一度招人宠爱的鲜花,却已悄没声地殒落。这就是生命,花的生命,大自然的生命,也是人的生命。新陈代谢,一条永恒的规律。

写这篇后记时,是惊蛰之晨,一声春雷万物更生。以惊蛰之日的观花记,作为本书的结尾,是最恰当不过了。

这是一本礼赞生命的书。将它作为笔者的一段自传来读,是我的本意与愿望。带给亲人和读者们的应该是欢乐,是人类与困境搏斗、与命运抗争的欢乐。

2019 年 3 月 7 日　惊蛰之晨

写在结尾的话之二

我的家人们反对出版这本书。天下交此厄运者众,有谁人将它公布于众?我周围就有不少人得绝症,但都讳莫如深。知情者也不便或不敢发问,佯装不知。

从不把痛苦带给别人出发,这种处世态度是无可厚非的。但我以为公布驱离恶魔的心路历程,对正在与绝症和苦难抗争的千百万不幸者,是大有裨益的。

癌君已远离我而去。我乐观地大声说:"永别了,癌君!"

这场与绝症的搏斗,令我真正领悟到生命的珍贵。我感叹,人生八十从头活,活好来之不易的余生。

铁打的衙门流水的官。从我在1998年退休常回老家算起,永康市当家人已更换过七八位。他们都重视文化、尊重文化人。只要我回故里山村,他们不管多忙都来看望我,记不清有多少回夜聊,聊京城见闻,更多的是聊家乡的文化建设。我的人生最后一个梦,落叶归根梦,就是在一次次夜聊中圆的。近几年的当家人章旭升书记，与我常有微信交流，成了热心帮我圆梦的人。我视他为忘年交。

我的老师钱谷融先生给我题写了"文学是人学"五个大字。文学写人，画画画人。以文学入画，是我践行和追求的理念。

右为章旭升

2019年秋天，按头年计划，我在杭州良渚举办了画展，向参会的外国朋友展示了我的大写意艺术。与王涛、杨明义联手，在老家永康和北京两地，举办了"文学入画三人行"画展。与石楠、肖复兴、赵丽宏、连辑、冯秋子联手，在老家永康和北京两地，举办了"文学入画六人行"画展。

连续举办文学入画展览，产生了社会影响，弘扬了文学入画创作理念。范曾得知我的绘画创作理念后，特书写"文学入画"四个大字，以示赞赏。

"文学入画三人行"画展在永康博物馆开幕现场

"文学入画六人行"画展在国家画院开幕现场

范曾书赠"文学入画"题字

以我的名义设立的"鲁光艺术奖"已举办了四届，为少年儿童提供了一个参加书画艺术活动的园地和展示才华的机会。参与者数千人，遍布全国各地。

缅怀师友们的图文，已由生活·读书·新知三联书店以《比我先走的朋友们》结集出版。

散步，写作，画画，沉醉爱好。即兴，随意，一切顺其自然！

最常去的地方还是琉璃厂，落脚点还是漫斋。去了总会遇到朋友，总会有一番神聊。前些年，斋主的女儿杨紫，平日里总是坐在一角，安安静静地伏案埋头做作业，偶尔也刻印、习字、画画。如今，在画廊已见不到她了。经过琉璃厂文化的多年熏陶，她已出落成文科大学生。见不上面，我们却已成为忘年交。2021年我生日那天，她给我写了一封信。

亲爱的鲁老师：

祝您生日快乐！我还想跟您说句迟到的教师节快乐！因为于我而言，您就是我的人生导师。我很喜欢读您写的文章，它们给了我很大的启发，也使我明白了很多道理，我从中受益匪浅。您的艺术作品总是吸引着我。我不仅感受到了其中的情趣和韵味，也看到了您对自我的严格要求和对艺术的热爱

与追求。生活中,您风趣幽默,就像我的朋友一样,有着青春般的活力。

我的成长道路上有您的陪伴,对此我感到十分幸运。是您指引我找到前行的方向,成为更好的人。

祝您身体健康,万事如意,生日快乐,每天都快乐!

杨紫

2021年9月11日

收到此信,深感意外,但这是一封很真诚的信。我给她回复:"为人师表难,迎难而上才称职。"

我钤印一方"师牛"。以牛为友,以牛为师,站着是条汉,卧倒是座山,这是我的为人本性。

我的闲聊,我的书,我的画,还能滋润晚辈的心灵,深感欣慰。

不过老了毕竟是老了,要有自知之明,切忌讨人嫌。

少凑热闹,淡泊交往,名利场任人忙。

我已经忘记那个癌姓朋友,几乎忘得一干二净。

健康活着,快乐活着,充实活着。永远心向未来!

2023年8月19日夜